時間。差

擦れ違い

AUTHOR／H

自序

在開始要寫這本書的時候，正是災難電影《2012》在媒體上大肆宣傳的時期。也因此，在那段時間裡，媒體都不停探討預言、密碼等人類史上的奧祕。

我常想，研究的範圍小一點點，也許更能夠讓一般人了解研究的意義何在。與其研究生命的密碼，何不縮小範圍來討論愛情的真理？有些人終其一生都無法了解生命的意義，只不過對於很多女性來說，如果可以窺探到愛情的全貌，人生的意義可能也隨之實現了。

冥冥之中有規則，有安排，但這其實不是我想要闡述的真理。我並不想認為有人在暗地裡安排好了這一切，所有事情都只要跟著每天去變化就行。我認為冥冥之中可能是有人在幫忙安排，但不管是愛情或人生，都需要每一個人自己去創造，才有機會成就好的結果。

這本書就是從我這個小小的念頭開始萌生、動筆。又因為之前寫過好多愛情故事，每一個故事基本上都是峰迴路轉，變化多端，我相信一定有更奇特的愛情故事。不過我也認為，許多愛情故事的轉折並沒有愛情小說如此多變，因此我一直想要寫出一般人、一般女生比較容易碰觸到的愛情。一個絕對有可能發生在你我之間的愛情情節。

但是當然也要請你相信我，這是H寫的愛情故事，一定會有我一貫的風格，只希望大家能接受H在每一本書裡面想帶給大家的些微變化。

H的第七本書，希望大家能夠喜歡。

目錄

自序 …… 002
第1話 通靈小孩 …… 008
第2話 颱風來了 …… 015
第3話 月老＝愛神 …… 022
第4話 我是Tanya …… 030
第5話 他是大衛 …… 036
第6話 難道是他 …… 042
第7話 往事 …… 049
第8話 排球場 …… 056
第9話 表白 …… 063
第10話 只是巧合 …… 070
第11話 差了一點點 …… 078
第12話 帳號 …… 085
第13話 Volleyball15 …… 092

CONTENTS

第14話 大學生了沒 …… 100
第15話 故事的結局 …… 107
第16話 她是，小孟？ …… 116
第17話 誰是蔡小玉？ …… 124
第18話 盲目約會 …… 131
第19話 愛情牛排館 …… 138
第20話 神祕的吾川先生 …… 145
第21話 城堡出版社 …… 152
第22話 他是Alex …… 159
第23話 何謂最愛 …… 166
第24話 陌生來電 …… 174
第25話 再見李潔如 …… 181
第26話 別了小孟 …… 188
第27話 似曾相識 …… 195

第28話　戲碼　202
第29話　窩　210
第30話　最熟悉與最愛　219
第31話　幻想　226
第32話　熟人　234
第33話　幸福小吃店　243
第34話　王家的兒子　251
第35話　壞事者與愛情使者　261
第36話　詛咒的真相　268
後記　277

第1話 通靈小孩

故事，通常都得從很早以前開始說起。

每當我把住在基隆的這段童年說出來給現在同事聽的時候，總是不太有人相信。一來當然是因為我身處的環境，和他們所認知的「門前有小河，後山坡上面野花多」有相當大的落差，二來就是我在上小學以前有靈異體質，足以說出一大堆同事不能認同的經歷。

搬去基隆那一年，我剛從幼稚園畢業，正準備要進小學的那個暑假。因為爸媽費盡心思才取得在基隆火車站附近的黃金攤位，只好犧牲掉我在台北的童年好友，舉家遷來漁港基隆。

因為搬得匆忙，也沒什麼多餘時間找房子，因此我們直接住進了外婆的老房子，據說是日據時代遺留下來的老舊建築物。

雖然勉強可以稱得上是獨棟透天，但這房子也不過就只有兩層樓，況且樓上的空間不大，傾斜的屋頂更減少了許多可以活動的空間，只要上到二樓，大人們就得要低下身子，去屈就那不到一百十五公分高的狹窄空間。

我住在二樓。畢竟小朋友需要的活動空間小。晚上睡覺的時候，我甚至抬起腿就觸得到上面的天花板。

其實房子本身不算太奇特，勉強要說有什麼比較不同的地方，我會說一樓的廁所沒有抽水馬桶，是舊式的茅房。每個禮拜一次，會有所謂挑糞的「挑伕」，用扁擔挑著兩個桶子，一瓢一瓢地將一個禮拜累積下來的糞便倒進桶子，再提走。

只不過，這到底是人為的工作，挑起兩桶滿滿的糞便走動的時候，難保不會溢出來。因此只要是挑糞日那一天，我們全家都會很早起床，不是為了要迎接挑伕的來到，而是因為那不小心溢出來，遺留在從客廳到茅房這一小段路上的「黃金」，實在是太臭了。

小時候的我剛搬過去沒多久，就非常有名。因為家裡做的行業。爸媽每天工作，老爸一大早就要到市場去補貨，海鮮蔬菜等缺一不可，只為了要應付每天中午一擁而上的饕客。媽媽也是大約六點半左右就要到攤子那邊，開始準備一天的生意。對他們來說，中午那一餐，就是每天生意好壞的決勝點。

我有名的原因，在於爸爸煮的料理在基隆這一帶的攤販當中，可說是無人不知，無人不曉，只不過我當時還小，我雖然記得爸爸的料理有多麼獨特的風味，但是要我用文字形容出來，我卻是連一道菜名或一個形容詞都說不出口。

總之，就是好吃。

而小時候的我，也沒有閒著。

要說起來，這可能也是爸媽要搬回來基隆的原因之一。我五歲那年，曾經看過特別的事情。

也就是，我看得到鬼神之類的東西。

嚴格說起來，並不是一定看得到，只能說感應得到，因為曾經有一次我在台北的家搭電梯的時候，我站在爸媽身邊，媽媽按了三樓的按鈕之後，我卻在一旁不停跳著，試圖要按別層的按鈕。

「心恬，不可以這樣跳，一個女孩子怎麼可以這樣不文靜呢？」媽媽說。

五歲的我，似乎沒有很聽話，就算媽媽講了這樣的話，我還是不停往上跳，好像不按到會不甘心。

「心恬，妳要按幾樓？我們到三樓就好了呀。」這時候爸爸像是看出了我的企圖，伸出了手指，打算幫我完成願望。

「八樓。」我說。

爸爸看著我微笑了一下，舉起手幫我按了按鈕，還是不忘趁機教育我一番。

「去八樓做什麼？我們都只要去三樓呀，現在旁邊沒有人還可以這樣跳，以後旁邊有人的話，妳就要乖乖的唷。」爸爸摸了摸我的頭。

「我知道我們要去三樓呀，可是這位伯伯他要去八樓呀。」五歲的我說著流利的國語，手指還比了比電梯內側的角落。這時候爸爸媽媽兩人同時回過頭，看了一下我比的方向，兩個人不再說話。

我當時不了解爸媽為何不和那位伯伯打招呼，心想可能是那位伯伯的臉色太難看了吧。

就這樣一路搭電梯坐到了三樓，當電梯的門一開，媽媽牽著我的手，和爸爸兩人迅速走出電梯，頭也不回，而我卻還顧著要回頭和電梯裡那位伯伯揮手告別。

「伯伯，掰掰……」

這事情使媽媽回到家之後差點沒嚇傻。門一關上後，媽媽拿起熱水壺，猛倒了好幾杯開水就往嘴巴裡倒。爸爸則是一臉鐵青，半句話也說不出來。

「……不行，我得要和多桑說一下……」媽媽立刻拿起電話，打給了在基隆的外公。外公在電話那頭聽到媽媽的描述之後，竟然開始哈哈大笑。

「哈哈哈……帶回來看看，帶回來看看……」外公說。

「帶回來看看」的意思，也不知道是要回基隆讓外公幫媽媽收驚，還是要將我帶回基隆給外公看看，總之，就這樣形成了我這輩子第一次的基隆之旅。

外公家就是後來我們住的那棟房子。回到外公家時，外公看著我的臉，看著我的眼睛，仔細端詳了好一陣子。

「沒想到，我們家出了這麼一個陰陽眼呀，太好了，這樣外公的生意就可以做成了呀……」操著台語口音的外公說，這些話嚇到了爸爸媽媽，畢竟什麼樣的生意竟然會與陰陽眼有關，未免有點令人毛骨悚然。

「你們不用想太多啦……乾脆，你們就搬回基隆來，反正你老公待的餐廳都倒了，回來基隆做做小生意，也比較穩定。」外公的話雖然聽起來像是在替爸媽著想，外公的眼睛卻盯著我不放。

外公的心裡打什麼算盤，老媽當然很清楚，因此這件事情並沒有立刻實行。我們回到台北之後，大約過了半年，爸爸的下一個廚師工作一直沒有著落，外公又在基隆幫我們家找到了車站附近的黃金攤位，這才讓爸爸媽媽下定決心，打算回到基隆定居，最終也不得不讓外公的計謀得逞了。

其實外公的生意很單純，甚至應該說，就算是沒有通靈體質的人也可以做得來，只不過在外公的渲染下，我曾經看得到「靈」的這件事情，已經傳遍我們家四周的左鄰右舍，因此對於一般人來說，由我擔任靈媒會更有噱頭，大家也不會覺得一個小孩子會說出什麼騙人的話。

於是，我和外公這一老一少，就在基隆的這棟老房子裡，開始了我們的生意——與靈界溝通。慕名而來的人除了附近我們從小到大都認識的人之外，甚至連遠在台北的市議員，都曾經來看過我，也因此可以說，我小時候算是很有名氣。這些人不管是男女老少，都稱呼我為「鐵道街通靈小孩」。

起初我並不覺得這事情有什麼壞處，反而認為名聲響亮讓我小時候橫行無忌，但在經歷了那段事情之後，我漸漸覺得，我寧願沒有這段過去。

這個影響了我一輩子的童年……

第2話 颱風來了

之前提過，我人稱「鐵道街通靈小孩」的孩子。也就是說，我們住的那條街就叫做鐵道街。顧名思義，這條街道上的房屋，是沿著鐵道的軌道沿線所建造的，鐵道街背面，就是一條又一條的鐵軌。因此，從後門一打開，就是鐵軌邊，火車每天會在固定時段經過，然後產生連家人講話都聽不到的雜音。

我們家的鄰居都很特別。

除了我們家爸媽是做小吃生意之外，我和外公的與靈界溝通這門生意當然就算是詭異了，但是旁邊的一連串店家也絲毫不遜色。

在我們家左手邊第一間開的是國術館，所以我從小就看到很多刺龍刺虎的兄弟姐妹們到隔壁推拿或包紮。小時候的我活潑好動，也有過好幾次扭傷腳踝之類的，也都是交給這位好鄰居治療。

國術館的旁邊則是一間中藥店，這是類似華西街裡的店面，販售蛇血蛇膽等特別的商品，但對小孩子而言，更特別的是店面外擺著一個超大的鐵籠，而鐵籠裡面關的竟然是一隻碩大的麋鹿。

只不過，鹿頭上的兩隻角都已經斷了。

接著再過去則有兩戶住戶，然後是一間小型漫畫店，再來就是兩戶連在一起的豬舍。

我知道這不好想像，怎麼住戶和豬舍會連在一起。但沒辦法，這就是我要介紹的原因。可以想見，那是一個小型生活圈，裡面的住民對於神鬼之說，有某種程度的信仰。

之所以會強調這些鄰居，是因為他們要求我們做過的事情千奇百怪，而幸運的是，我竟然都可以一一幫上忙。

國術館的阿善師曾向我外公要求，希望藉由我的幫助，和他已過世的爸爸——也是阿善師的師父——溝通。

原本我認為這不是什麼太難的事情，沒想到，就在外公開了壇，要阿善師的爸爸上我的身的時候，我才知道，阿善師找他爸爸的用意何在。

「阿爸，七十二路猴拳我已經全部練完，你在世的時候，我沒有機會打給你看，現在如果你上來了，我可以打一次給你看嗎？」

形式上已經是被阿善師爸爸上身的我，不管怎麼說都得點頭答應，而當我看著阿善師聚精會神地比起架式開練時，我看到阿善師的眼中含著淚光，一拳，一拳，紮實地比劃著。

小時候的我可能不懂，只認為這是個好玩的工作、特別的機會。長大之後慢慢回想，我才能體會，外公這個生意雖然算是個「生意」，但實際上外公收費的標準不一。沒錢的人，拿些蔬菜水果也可以抵費用；有錢的人，就端看他們的心意，要包多少紅包外公也都收。我認為外公只是想要提供一個管道，讓現實世界的人可以有歸屬，可以有發洩的管道罷了。

回想起來，就會覺得外公是在做功德，也無怪乎後來外公走的時候，走得那麼安詳。

鄰居們的需求千奇百怪，例如豬舍的阿霞阿姨想問過世的大姐，究竟豬要怎樣交配，才會生出更漂亮的小豬。因為這些接觸，我常常和這些鄰居叔叔嬸嬸們越來越熟，外公也因為這份工作得到很多滿足。只不過，我心裡有時候會有些罪惡感，因為其實大多數時間，我是感受不到靈體上身的，真的要計算的話，可能只有百分之十而已，也就是十個客人裡，大概只有一個是真正有所感應，而且隨著我的年紀越來越大，機率下降的速度也越來越快。

在我和外公一老一少開心地過著這樣的時間之際，我完全沒有意識到，我原本美滿的家庭竟然悄悄出現問題。爸媽晚上回到家之後，開始不常講話，我還甚至以為，是因為他們無法接受我和外公的行徑。

直到那個颱風登陸的夜晚。

基隆原本就多雨，那一天晚上氣象局已經發布陸上颱風警報，但我卻看見爸爸正在整理行李。他將一件件衣服塞進我們搬家時使用的行李箱，我不明白。

「爸，你要出門喔？」我問。

爸爸並沒有回應我，只是自顧自地專心收行李，一件又一件地將折好的衣物放進行李箱中。

「爸，你要出去玩嗎？可不可以帶我去呀？」當時六歲的我曾經在電視上看過，要出國玩的人才會這樣把東西都放進行李箱，我渴望和爸爸一起出國去玩。

但爸爸依舊沉默。我瞇著小小的眼睛，無法猜透爸爸的心意，只好試圖從媽媽這邊得到答案。

然而，當我望向我們家一樓那狹窄的空間時，竟然看不到媽媽的身影。窗外的風雨大得嚇人，我無法想像這個時候，媽媽跑出門去做任何事情，因此我躡手躡腳，踩著老舊的木板樓梯走上二樓，那個原本應該是只有我方便進出的空間。在閃電的光影中，我竟然看到一個人影縮在角落裡，那看起來不像個大人，反倒像一個無助的小孩，而短暫的光亮足以讓我認出那人是我的媽媽，那個原本開朗又堅強的媽媽。

「媽，妳怎麼在這邊？」我爬到媽媽身邊，學著她的姿勢挨著她。媽媽卻一句話也不說，只是靜靜看著窗外，看著颱風帶來的狂風暴雨，放肆地侵襲著我們家門，以及外面的樹木。

幾乎是伸手可及的屋頂外面，不停傳來物體碰撞的聲音、遠的、近的、輕微的，巨大的，聲音起起落落，活像是外面有隻怪物，正不停侵襲我們家。然而，當時的我並不了解，侵襲我們家的不是那駭人的颱風，而是另外一股看不清的力量。

在這些雜音當中，我清晰聽見樓下傳來的聲音。

「碰！」我可以判斷得出，那是爸爸將行李箱重重闔起的聲響。接著則是老舊的大門打開時所發出的刺耳聲，還有沉重的大門關上的聲音。

我知道，爸爸帶著行李箱出門了，但我不知道爸爸要去哪裡，又為什麼不帶我一起去……

我一直以為，爸爸偷偷在颱風天跑出去玩，可能過一陣子就會回來。

只不過，幾天之後，我終於知道了。爸爸不是出國，只是出門……

第3話 月老＝愛神

爸爸走後的那幾天，家裡的氣氛就像颱風剛走後的街景一般，紊亂而平靜。沒有人開口問爸爸的去向，而媽媽竟然也在颱風過後兩天，又開始一個人到攤子上工作。

外公似乎也知道些什麼，但就是不對我說。

在收拾過颱風過境造成的斷垣殘壁之後，外公依舊會和左鄰右舍閒談，我們爺孫倆與靈界接觸的生意也沒有停過。

一個禮拜後的某天晚上，我躺在小小的二樓空間裡面，望著天花板久久無法入睡。屋頂上的貓雖然是輕盈地跳著，卻依舊發出了不小的聲響。

我憑藉著瓦片上傳來的聲音，判斷出野貓的所在位置，然後一腳踢向那個方位。只聽得貓一聲驚叫後，接著就是越來越遠的腳步聲。

睡不著覺的我，索性到樓下上個廁所，赫然發現媽媽坐在從前爸爸最愛的沙發上，自己倒著酒，喝著。

「媽，妳怎麼不睡覺呀？」我說。

「……心恬……我們……沒有人要了……」媽媽喝著酒，眼神失焦地看著我。

「……媽，我不懂……」我走了過去，試圖抱住媽媽，畢竟年幼的我雖然聽不懂媽媽說的話，但我可以感受到媽媽當時的哀傷。

「妳爸爸……離開我們了……不會回來了……」媽媽說話的語調依然，絲毫沒有起伏。

「……不可能……爸爸說他最愛媽媽了，不會不回來的……」我緊緊抱住媽媽，深怕媽媽也像爸爸一樣，忽然消失。

「爸爸並不是最愛媽媽呀……爸爸說，只是因為……先認識了媽媽，所以和媽媽結婚……後來，才認識了最愛的……阿姨……哈哈……還是姐姐……」媽媽那種似笑非笑的音調，聽得我有點害怕，不自覺地加重抱緊媽媽的力道……

那天晚上，我第一次體會到，愛情是那麼不可靠……

接下來幾天裡面，媽媽的態度整個變了。一大早出門補貨，接著自己一個人到攤位準備開工，就好像原本這些工作都是媽媽一個人做似的，好像從來沒有爸爸這個人。

有些常客見到媽媽一個人忙著，還是會禮貌性問著。

「咦？啊老闆咧？」

「喔，他最近身體不好，在家休息……」媽媽似乎早就編好了理由，客人們也不會再追問。

然而這個媽媽口中生病的老闆，從此再也沒出現過……

媽媽在那個夜晚之後變得堅強，我卻是在那之後，變得詭異。

六歲的我，想要探討「愛情」這樣的大問題，負擔著實太重了。當時我只知道，某個賣冰棒的大哥哥有時候會騎腳踏車經過我家，我會看著大哥哥的笑容，覺得心裡好開心，我想，那應該算是愛吧。

就這樣又過了幾天。在我準備要上小學的前兩天，外公接到另外一筆生意：對面賣米苔目的美淑阿姨，想要問問自己的姻緣。已經三十三歲的美淑阿姨至今仍然是小姑獨處，因此她想要透過我問一下月老，到底她的愛情什麼時候才能降臨。

「外公，月老是做什麼的呀？」在要工作之前，我好歹得要溝通一下。

「月老，就是管愛情的呀。誰和誰在一起，誰不和誰在一起，都是由他管的。所以問他的話，就會知道自己的愛情出什麼問題了。」外公笑笑說著。

「那，連國外的愛情也歸他管嗎？」我問這句話的時候，其實還是因為爸爸的行李箱，以為爸爸到國外去了，恐怕這樣月老就管不了了。

「哈哈……國外的話，他們叫作愛神，其實和月老是一樣的。好啦，趕緊讓外公開壇，讓我請月老上妳的身看看。」說完後，外公在家門口設起了神壇，接著念出一連串的咒語，然後在我身上貼符咒。

我心裡認為，這一次肯定無法成功，因為隨著我的年紀增長，我通靈的機率越來越低，再加上我根本不能專心，想的淨是要當面與月老對質，好好問他為什麼爸媽的愛情會變成這樣。

只不過，神奇的事情，真的在這個時候發生了。

如果說，我這輩子真的有哪一次清楚感受到神鬼，這應該是唯一的一次。

外公的咒語結束後，我並沒有感受到身上有任何變化，只不過在神壇的前面，我隱隱約約看到一團白霧從燭火和香煙中浮現出來，然後竟逐漸形成一個人形，而且那人形正緩緩將正面轉向我。

我看著一旁的美淑阿姨，再看看外公，從他們的神情中，我可以判斷出他們什麼都沒有看到，但現場出現的人形煙霧，在我眼中卻是再清楚不過。

我急了。如果這就是外公招來的月老，我想要趕緊問自己想問的問題。

「你就是月老？那我要問你，為什麼我爸和我媽的感情會變不好？他們兩個是真心相愛的，你是不是哪裡搞錯了？」我的口氣又急又兇，一旁的外公見狀也察覺到了不對勁。

「心恬，你見到月老大人了嗎？」外公說。

「心恬啊，可以先幫美淑阿姨問問題嗎？」一旁的美淑阿姨則是急著想知道自己的姻緣。

我看著白色人形煙霧似笑非笑，像是想要告訴我些什麼，卻又沒有任何聲音。

「你說呀，你今天不說的話，我就不讓你離開！」想起媽媽的哀傷，我的態度越趨惡劣。

「心恬，不能對月老大人這樣說話……」外公在一旁有點急了，但因為他什麼也見不著，也只能乾著急。

「對呀，心恬，先幫美淑阿姨問問題啦……」美淑阿姨也急，但我小小的心中，想的卻都是爸媽的事情。

白色人形煙霧搖頭晃腦著，看起來並不想給我一個好答案。這真的讓我這個小小孩生氣了。

「你再不說，我要滅了這個壇，讓你煙消雲散！」我說到做到，身體往前一湊，作勢要把燭火吹滅，外公看到急忙阻攔。

「心恬，不能對神明不敬，會被詛咒的！」外公雖然一個箭步想要擋在我和神壇之間，但第一時間內，我已經吸足了氣，用力往神壇吹去。燭火立即熄滅了一根，白色人形煙霧頓時散開來，接著像龍捲風一般捲向空中，朝我襲來。

我嚇得往神壇方向躲，無奈整個煙霧籠罩在我身上，力道之強，將我推向了神壇，整個神壇桌被撞得稀巴爛，神壇上面的香火、蠟燭、外公擺的一筒竹籤，還有竹籤對應的籤文通通散落了一地，我也因此昏倒在地上。這時，白色煙霧盡數竄至空中，盤旋了半晌後，逐漸消散……

外公嚇得趕緊跑到我身邊，就怕我一倒之後從此醒不過來。

「心恬，心恬……」外公輕輕拍打我的臉，沒多久之後，我總算醒轉過來。

「……外公……」外公看著恢復意識的我，心裡的一塊大石終於放下。這時候，我卻發現我手中握著一個字條。

我緩緩攤開手掌，外公將那字條拿起來，這才看清楚那是籤文，是原本外公神壇上的籤文。

上面寫著：

「愛情本無法　真愛如曇花　是罰不是罰　一生時間差」

外公反覆唸著籤文，臉上的神情逐漸凝重。

「唉……心恬，看來妳真的得罪月老了……」外公看著天上，晴朗的夜空裡，月亮皎潔而閃亮。

我當時完全不懂籤文的意思。只不過，美淑阿姨在一旁喃喃自語的話，卻一直迴盪在我耳邊。

「啊，所以我的姻緣，什麼時候會來呀？」

第4話 我是Tanya

這一年，我二十五歲。正在台北從事著和小時候風馬牛不相干的工作。設計學院畢業之後，我無法在島國社會裡從事與大學專業相關的工作，只好退而求其次，進入一家時尚雜誌擔任編輯。

不要以為這個工作像是電影裡演的一樣，可以接觸到什麼厲害的人。雖然偶爾也有機會碰到明星或跑跑時尚趴，但這個國家裡所謂的時尚趴，也不過就是幾個小明星，所謂的時尚雜誌，也不過是跟隨國外的時尚罷了。

話雖如此，我還是很高興能在這樣的公司上班。

這一天下午，我的上司，也就是主編瓊恩，正把我的企劃案丟在我面前，張開了口打算大聲咆哮。

「Tanya，可否解釋一下，妳這個企劃案要採訪的人選，為什麼不是目前最紅的型男歌神『樹』？為什麼是剛出道的偶像演員？啊？」

我知道瓊恩講話的抑揚頓挫是在模仿總編輯雪兒姐，但我知道雪兒姐是不會這麼輕易動脾氣的。

「這是因為歌神樹的時間有限，如果要敲他，肯定會失敗，與其浪費時間去做沒必要的事情，倒不如直接找容易成功的案例，這樣不是比較不會浪費時間嗎？」我說得很平和，因為一直以來，我都是這樣做事情的。

「妳有試過了嗎？沒試過怎麼會知道敲不到呢？就是這樣妳事情才都做不好。」瓊恩聽完我的解釋，更加不開心。我很不能了解，明明我已經解釋了，為什麼她不能接受。

瓊恩的攻勢還沒結束。

「我甚至認為，這不是妳的心裡話，妳應該是因為自己比較喜歡年輕偶像，而比較成熟的樹不是妳最喜歡的型，妳是在用自己的喜好決定工作順序，對嗎？」瓊恩一發不可收拾，彷彿好不容易找到針上面的小縫，不停將線穿進去一般。

「沒有呀，我自己比較喜歡的是樹呀。我只是希望工作有效率，這樣才會在時間之內完成呀。」被她這麼一說，我自己也慌了起來。

「重點是妳還沒有試過呀。既然妳比較喜歡的是樹，那怎麼不去試試看呢？搞不好試了之後就成功了呢？難道說妳交男朋友的時候，遇到自己喜歡的也不會去試嗎？」瓊恩的嗓門越來越高。

「……」我在口中默念了幾個字。

「妳說什麼？」瓊恩大聲反問我。

「沒事。」

「總之，我不滿意妳這個企劃案要採訪的人，如果妳不調整工作態度，小心我對妳做出處置，聽到了沒？」

我默默點了點頭，拿起瓊恩剛才甩在辦公桌上的企劃案，一言不發地離開了她的辦公室。

「妳怎麼知道我沒去試……」我口中唸的，就是這幾個字。

每個人的人生不同呀，妳怎麼知道我沒有努力過，怎麼知道我做的決定是因為我經歷過許多不同的選擇及結果，又怎麼知道我最後做的決定是好是壞，或者就算採訪到了歌神，效果一定會比採訪那個剛出道的偶像明星強？

然而我嘴巴說出來的，遠比我心裡默唸的台詞少許多。

我心不甘情不願地回到自己座位上，美編似乎不打算給我任何喘息的時間。

「Tanya，我找了幾個範本，關於妳下一期要做的單元，妳要過來看看嗎？」美編小花總是這麼貼心，和她合作了一年多，我們的默契也算是不錯。

看完小花的 Line 訊息之後，我放下剛才在主編辦公室裡的心情，準備走到小花的位置和她討論。

「Tanya，妳看，有這個、這個，還有這個。這一張圖是妳想要的那種日本的感覺，這幾張的風格可能就比較冷一點。」我看著小花找出來的範例，果然每一張都很符合我們當初討論的感覺。

「小花，妳喜歡哪一張？」我問。

「不用我喜歡哪一張，我倒是可以猜得到，妳要的是哪一張。」小花笑著。

「真的假的，那我們一起說我喜歡的是哪一張。」

「好呀，一、二、三，這張！」小花和我果真點了同樣一張圖。在二十幾張不同風格的圖片裡面，要同時選到同一張，可不是機率高的事情。

「小花，妳還真是了解我！」我拍著小花的肩膀，大笑著。

「那所以，妳要我用哪一個版型去做呢？」小花說完這句話後，竟然把剛才我們選的那一張圖片放到一旁，彷彿我們剛剛是選出了不要的圖片，將它去除一般。

「小花，不是要選這一張嗎？」我有點納悶。

「咦？Tanya 妳不是每一次都不選妳最愛的嗎？雖然我不知道原因，但是每一次和妳討論事情，我發現妳總是捨棄妳最喜歡的那款，然後選擇比較容易執行的那款。」不知怎地，小花的話重重打在了我的心上。

「……有嗎？」我遲疑地說。

「我印象中幾乎都是這樣，我以為這是妳為了體恤我們做稿方便，因此選比較好做的，不是這樣嗎？」小花依舊坐在她的 Mac 電腦前，我依舊站著，但我忽然覺得，我和她似乎離得好遠。

「有時候……可能……是吧……」我苦笑著。

「所以？」小花盯著螢幕，我也盯著，我們並不是在面對面交談。

「就用剛才選的那張……就用剛才選的那張……」我重複了兩次，也不知道自己想要強調什麼。總之，我就是要用剛才那張，那張我最愛的圖片……

小花沒有再回應我，只不過，Mac 螢幕裡面的影像已經換了。小花開啟了別的軟體，準備執行她的任務。

我是心恬，二十五歲，現在大家都叫我 Tanya，只不過，似乎到了今天，我才察覺到自己身上，發生了什麼微妙的變化……

第5話 他是大衛

和大衛交往了四年。從大四那一年開始的一段戀情。

幾乎每個週末，都重複著類似的事情，因此我不需要寫日記，不需要過紀念日，不需要花什麼心思。

這個禮拜五晚上，大衛約我禮拜六下午兩點左右在戲院門口見。其實，這通電話也不見得要打，因為每個禮拜都沒什麼變化。

我在家裡花了點時間打扮，也不急著出門，甚至大概到了兩點左右，才慢條斯理地搭公車到約定地點。我通常是兩點半左右到達，而大衛大概是兩點左右到，買了三點左右的電影票，然後坐著等我。

看完電影之後，我們會再散步個十分鐘，接著大衛會開口問我：「肚子餓了嗎？」我通常會點點頭，然後大衛會列出他事前收集好的幾家餐廳，告訴我最近有哪幾家餐廳值得去品嚐，要我做選擇，然後我會說：「都好，都可以。」大衛就會帶我去決定好的餐廳，準備享用晚餐。

晚餐的時候，大衛會開始聊他的工作情況。

我描述一下大衛好了。

大衛的身高將近一百八十公分，五官輪廓很深，有人說他像歐美明星，不過我覺得他比較像東南亞那邊的人。

大衛不重，因此看起來像是根竹竿，只不過他的肩膀很寬，感覺任何一件衣服穿在他身上，都有被撐起來的感覺。我相信他也很自豪自己的身材有這樣的特點，因此每次買衣服時，都會在試穿時站在鏡子前面，接受女店員不知道是善意還是真心的稱讚。

「好好看唷，很少人可以把這衣服穿得這麼好看！」然後我就會在一旁，看到大衛得意地看著我，那表情像是在說：「她們在稱讚妳男人耶，妳應該也與有榮焉吧。」除此之外，大衛可以說的部份，大概就是他的工作。他是在高科技工廠裡擔任主管，簡單說起來，他就是電子新貴，任職於獎金有十幾、二十個月，連工友都是百萬富翁的那類公司。

事實上大衛的薪水確實不低，因此我總是可以跟著他吃到許多美味的餐廳，去到許多好玩的地方。

「管理真的是一門學問，除了要讓工人們的時間有效率地運用之外，有時候竟然連他們的情緒都要照顧。目前公司SOP流程我覺得有點問題，但現在要我修改，也不知道從什麼地方改起，我想我還是應該去進修，提高我的能力，到時候要升職才比較容易輪得到我……」

大衛的話題不外乎是這幾句，雖然他也真的去上了課，準備要考試，但不知怎麼搞的，我對於他說的這些事情都不太關心。

小花和我說過，大衛這樣的男人就是最棒的了，日文叫做「最高」（saikou），我心想，如果是講身高的話，的確是不矮……

吃飯的時候，我不會完全不理他，只不過無論我再怎麼想要提起興趣，這樣的話題也似乎很難附和。

每次週末晚上吃完飯，就是大衛最尷尬的時刻。

我一開始總是不知道他在尷尬什麼，甚至以為他的行程每每只安排到晚餐結束，因此晚餐如果提早吃完的話，他好像就不知道要帶我去什麼地方了似的。

一直到一年前的某個週末夜晚，他帶我到台北市內的某個大公園，然後不經意發現許多情侶在公園內親熱地接吻或做出親密舉動時，我才了解到每次晚餐結束後，大衛為何尷尬。

於是在半年前，我厭倦了在每次晚餐後看到大衛那不自在的表情和曖昧的話語，我主動給了他一個出口。

「妳今天……有想去哪裡嗎？」每次晚飯後，大衛的尷尬劇就會從這一句話開場。

「我今天有點累。」我說。

「那……」大衛看來很失望，他似乎認為我想要回家休息，沒意識到我接下來可能說的話。

「能不能找個地方，你陪我休息一下……」我說。

我看出大衛的表情在壓抑著自己的高興，他竟然在三分鐘之內，就開車找到了離餐廳最近的旅館。

「這邊……有可以休息的地方耶……」大衛如是說。

我微笑著。

也許，我以為情侶之間的樂趣，可能得要自己去創造才對。

那天晚上，我和大衛發生了關係。

一如愛情小說家H所說，在藝術方面有專精的人，諸如唱歌跳舞等等，在做愛方面會有著較高的天賦，反之則可能如例行公事一般，草草了事。

很不幸，我曾經在KTV裡面聽過大衛唱歌，並不是那麼優良……

於是乎，那天晚上之後，只不過是讓我和大衛的週末夜晚，又增加了一個流程步驟。

下午看電影，晚上吃飯，吃完飯散步，再來就是旅館內做愛，然後大衛會很辛苦地送我回家。雖然大衛曾經試圖在這個流程後面，再加上在我家過夜的步驟，但正好能套上他自己的話：「現在的 SOP 流程我覺得有點問題，但現在要我去修改，也不知道從什麼地方改起，我想我還是應該去進修，提高我的能力……」

就這樣，我和大衛過著小花口中「只羨鴛鴦不羨仙」的生活。

然而大衛從來都不知道，我在認識他前交過幾個男朋友。大衛也不知道，我小時候那段異於常人的經歷。戀愛專家說過，不需要讓現在的男人知道自己以前的事情，不過我心裡還是很在意。

我認為應該要讓對方知道才對。

因為我一直無法在這段愛情裡，得到什麼愛的感覺。而從小到大，我心中一直都在追求愛的感覺……

第6話 難道是他

週六是屬於男朋友大衛的日子，週日則是我必須提早回歸到工作的日子。我不想承認我自己動作不夠快，但也不了解其他人到底是利用什麼時間工作，竟然可以在正常的工作時間內完成所有事情。總之，我就是得在星期日的時候，多利用一天的時間，才可以做好我的事情。

雜誌編輯不是一件輕鬆寫意的工作，每次製作新的單元，除了要寫稿之外，還有許多事前準備工作。包括確認攝影師、模特、梳化的時間，最麻煩的就是要借到衣服和道具，而且我必須獨自扛起一個單元的成敗，如果無法在事前做到百分百的準備，實際拍攝時缺了什麼東西，攝影師也愛莫能助。

在週末之前，我並沒有真的打電話去確認歌神樹的時間，因為只要告訴瓊恩我打過電話，而歌神的經紀人說時間挪不出來，我就過關了。因此我現在準備的拍攝計畫，全都是有關於那個偶像新人。

雖然標的物確實不是最理想的，不過我相信在經過我的精妙包裝之後，出現在雜誌裡面的，又會是一篇時代型男專訪。

星期一早上。

依然慌張的辦公室生活。星期一通常是編輯部的夢魘，如果遇到每個月一次的會議，那就更讓人緊張了。

因為這是全公司要和總編輯開會的日子。總編輯的外號是雪兒姐，因為她這幾十年來在時尚雜誌界打拼的成果，就像國外影星雪兒一樣，永遠不會老，永遠走在時代的尖端。因此，只要是這個圈子的人，都會尊稱她一聲雪兒姐。

只有編輯群開會時，大家通常都會姍姍來遲，似乎如果太早來，就顯得自己特別笨。然而，在這個每月一次的會議中，每個人都提早十分鐘坐在會議室，誠惶誠恐地等待雪兒姐來臨。

雪兒姐不兇，不過渾身散發出一股懾人的氣魄。

「大家早，很開心，又在星期一早上和大家見面了。」雪兒姐面露笑容。各部門的人早就都屏息以待。

從發行部一直到負責雜誌廣告的業務部，每個部門主管都戰戰兢兢地報告上個月的成績，到最後只剩下編輯部時，雪兒姐請所有人離場，只留下編輯部的同事。

「好了，前面該說的都說完了，我常說，最重要的是內容。現在就好好讓我聽聽，你們下個月要呈現的最好的雜誌內容。」

瓊恩在雪兒姐面前猶如一條乖狗兒，不停點著頭，我從來沒見過像她那麼雙面的主管。

「這個月，我想要先從專訪聽起。」隨著雪兒姐一聲令下，我知道我是今天的籤王，而我看到瓊恩不停地在和我使眼色。我大概知道那擠眉弄眼之中隱含著什麼意義，但這一次可能無法如瓊恩的意了，因為我一整個週末所寫的計畫，都是關於那個剛出道的偶像明星。

「這次專訪的主題是才藝雙全的潮男，我想遍最適合這個主題的人選後，找到了Andy 黃。」我在這裡停頓了一下，因為這是要讓人家發出感嘆聲的破口。

「誰？」雪兒姐的這一個字，讓我整個背的冷汗通通滲出毛細孔。當然，我的臉上看不出任何驚慌。

「就是前一陣子主演電視劇《也許我不愛你》的新生代男星，Andy 黃。」我只好再強調一次，希望有人看過這部電視劇。

「誰？」雪兒姐的答案和剛才完全相同，而我的背已經溼了一片……

「對不起，雪兒姐，我和 Tanya 說過好幾遍了，我們本來要找的是新生代歌神樹，只不過，我不知道，Tanya 她可能是說錯了……」瓊恩急得連忙起身解釋，當然也趕緊將過錯全部推到我身上。

「我們是有討論過，只不過，我有打電話給樹的經紀人了，他時間上真的無法配合，我只好退而求其次，去找另一個更適合的人。」還好我已經想好了藉口，要不然這個讓雪兒姐連說了兩次「誰？」的偶像演員，可能會害我丟了這份工作。

「妳真的有打嗎？Tanya，還是妳只是找個藉口來搪塞我而已？我上次已經提醒過妳了。」瓊恩當著總編輯的面開始懷疑我，這令我越來越不愉快。

「瓊恩，不管怎麼樣，妳也應該相信我吧，我怎麼可能不以最佳人選為考量。我當然知道這個主題現在最適合的人就是樹，可是人家就是沒有時間呀，不然的話，我也不會去找這個什麼 Andy 黃了。」我心虛，但表面上可是悍得很。

「好了，不要吵了。」雪兒姐連忙制止我們，這時發行部的主管布朗，忽然從會議室外走進來。

「雪兒姐，數位無限集團的人已經來了。」布朗在雪兒姐耳邊說著，不過大家都聽得很清楚。

「好。編輯會議今天下午再繼續，我現在要過去開另外一個會議。希望瓊恩妳們下午把意見統整好，好嗎？」

瓊恩低著頭，猛點著。雪兒姐一出去之後，瓊恩立刻抬頭問起布朗。

「咖啡先生，是什麼會議這麼重要？什麼數位無限集團？那是要做什麼的呀？」瓊恩就是這種多樣化的嘴臉，讓我看不順眼。

「之前就提過了，你們不知道嗎？雜誌的廣告營收越來越低，因為平面媒體的預算都被網路媒體搶走了。數位無限集團，就是這個行業的佼佼者，雪兒姐想要和他們談合作。據說下個禮拜，就要你們編輯部和他們一起開會，研究可以在網路上製作的時尚內容。」布朗說話的同時，偷偷看了一下會議室門外，可見這事情還不能夠讓大家知道。

我坐在門邊，聽完布朗的話之後，悄悄推開門，看見雪兒姐正和一名穿著合身西裝的中年男子握手，男子身後還站著兩名年輕男子。其中一名男子個頭不高，理著平頭，然而另一位身材高挑，而且身材比例合宜，簡單的西裝頭，就將他的臉型襯得十分好看。

我越看，越驚訝。

那最後一個年輕男人，不就是……他嗎？

我沒想到會在這個時候遇見他，因為這有可能改變我下半輩子。有種念頭，悄悄地，安靜地，在我心裡萌芽……

第7話 往事

我忘了星期一早上的會議是如何結束的，只知道我見到了我夢寐以求的男人，那個曾經在國中時期和我失之交臂的男生。

如果我沒有記錯的話，他的名字叫黃克群。是大我一屆的學長。

曾經，我因為錯過了他，對愛情失望。雖然後來我又發生很多事情，但不管怎麼說，今天會讓我再度遇見他，我想就是命運的安排，是一種預兆，是一種暗示。無論如何，我必須對這次的線索做出回應。

星期一下午的編輯會議上，雪兒姐更加堅定了我的想法。

「今天早上，我和數位無限集團的副總裁開了會，他甚至帶了他們公司優秀的行銷經理和業務經理一起過來，希望與我們在數位內容這一塊做深度整合。為了我們公司的將來，我已初步答應和他們公司製作關於時尚的內容，至於要如何用數位化方式呈現，他們公司今天來的業務經理和行銷經理，將會在下禮拜一再來我們公司一趟，和編輯部的你們開會。因此，我希望大家這個禮拜回去可以想一下，要怎麼樣利用數位化的技術，呈現我們時尚雜誌特別風格的內容。」雪兒姐講話依舊條理分明，只不過我只聽到了幾個關鍵字。

下禮拜一，行銷經理，和編輯部的你們開會……

把這幾個關鍵字組合起來之後，就得到一個訊息。

下禮拜一，我會和我暗戀多年的學長黃克群，在這間會議室見面。

我無法形容我心中的感受，那種壓在心裡最底層的悸動，竟然就這樣一陣一陣不停湧出來，從心臟到胸口，從胸口到喉嚨，從喉嚨衝到鼻頭，再從鼻頭擠壓到眼球。我的眼淚，莫名地，滴了下來。

「搞什麼呀，做數位內容有這麼感動喔……」小花驚道。

「真的……我就是想要做……數位內容呢……」我胡亂敷衍過去，但接下來又有一連串的問題令我苦惱。

要和學長一起開會，而且是一群人，最重要的就是要引起學長的注意，否則就算學長知道我是他的學妹，也不會有什麼幫助。

於是，從禮拜一開始，我幾乎是完全放掉手上的工作，全心全意打拼時尚內容數位化這個領域。我雖然一直覺得，一旁的主編瓊恩好像在盯著我，但是不管怎麼樣，她肯定不知道我是為了什麼在打拼。

就這樣一路拼到週五晚上。我的手機響了。

「心恬呀，明天星期六了，我們去看電影好不好？」毫無意外地，大衛的電話殺至。

「嗯……」我一邊看著電腦螢幕，一邊含糊回應著。

「那就兩點約在戲院門口見。」

「嗯……」我依舊含糊回應。

「明天見。」

「嗯……」大衛掛了電話，我還將手機夾在耳邊與肩膀中間，聽見斷訊後的「嘟嘟」聲響後，才忽然想到一件很嚴重的事情。

如果和學長見面之後，我透露出我對他的愛意，然後學長也接受我，卻發現我有男朋友，那該怎麼辦？

看著電腦螢幕，我有點徬徨。但這十幾年來，我因為那童年的詛咒，錯過了那麼多事情，今天難得又有機會，我難道要放過？

也許，這就是命運的轉捩點吧……

星期六下午，我按照慣例，慢條斯理地來到戲院門口，時間大約是兩點二十五分，我看到大衛已經好整以暇地在廣場椅子上坐著等我。

「走吧，今天電影比較早，五十分的。」如果按照慣例，我會勾著大衛的手，但今天不同，我刻意沒有和他產生肢體接觸，但大衛不以為意。他並不清楚，這個標準流程裡的小小誤差，之後將會帶來什麼樣的問題。

看完電影之後，我們依舊走了一小段路。接著，大衛開口了。

「肚子餓了嗎？」大衛說。

我點了點頭，這部份和以往的流程完全一樣，大衛接著就說出三到五家新的餐廳，其實這一點我是很佩服的，雖然在網路上搜餐廳很快速便利，但是每個禮拜總是固定找出三到五家不重複的地方，想起來也不是那麼容易的事情。

「都可以，你決定吧。」我不願去改變這些部份，大衛也按照劇本，帶我到了一家沒去過的義大利餐廳。

點菜，上菜，喝飲料，吃麵包，這一切都相當熟悉。大衛也在席間開始了他在工廠工作的話題。

「最近，劉老三的工作狀況不太穩定，我就問他，是不是出了什麼事情，他說，他爸爸住院了，所以他上班的時候總是有點擔心，我就說沒關係，如果有需要就講，劉老三好像挺感動的，一直和我道謝。我總覺得，要管理，真的不是那麼容易的事情，還是要管到人家的心裡面去才是好的主管……」說真話，這個劉老三的故事，我大概聽了二十幾遍，他們家裡有什麼人，我幾乎都可以背得出來，但我從來沒有表達過任何不滿的情緒。

「大衛，那你管過我的心裡嗎？」我不經意說出這句話，沒想到，大衛的反應大得嚇人。

「什麼意思？心恬，這話是什麼意思？妳覺得我不關心妳嗎？妳覺得我冷落妳嗎？因為我太投入在工作了嗎？」大衛連珠炮似地說著，我趕緊解釋。

「沒、沒有，不是那個意思，我是說，你好像對我的事情都不太了解，是因為不想了解嗎？我們都交往快四年了……」我說。

「不會不想了解呀，只不過，我記得我們剛認識的時候，我好像有試著想要問妳，但是那時候妳好像生氣了，所以我之後就再也不敢問……妳想要告訴我了嗎？」大衛的表情忽然開朗起來。

我低頭吃了一口通心粉，接著看向大衛的臉。

「嗯，我今天，想要和你聊我從小到大的事情，包括我以前戀愛的事情……」

我讓口腔嚼著通心粉，這樣子說話看起來會比較沒有情緒。

我自己這樣想像著。

「好呀，終於……妳終於想要讓我了解妳了……我太高興了……」大衛的臉上洋溢著笑容，而我還是盡量讓嘴裡塞滿通心粉，掩藏我的情緒。

那一段我小時候搬去基隆之後的往事，就伴著我口裡的通心粉味道，公諸於世……

第8話 排球場

我從小時候搬到基隆的那段開始說起。過程中，大衛對於我曾經住在那麼鄉下的地方感到好奇。當我說到通靈的經過時，大衛的眼睛整個都睜大了。

「所以，妳還看得到……那個嗎？」大衛不自覺地轉了轉頭，看了一下自己身邊，深怕我說出什麼奇怪的話。

「看不到了，自從那一次『意外』之後。」我口中的意外，指的就是最後一次和外公合作通靈，為了替爸媽的婚姻出口氣，結果似乎得罪了月老，但實際上我也不懂當時到底發生了什麼事情。

大衛在他的長腳杯中注入紅酒，接著舉起酒杯，輕輕搖晃著。

「外公所說的詛咒，真的有發生嗎？」大衛面露狐疑。

我不知道算不算有發生，不過國中那段經驗，的確讓我印象深刻……

那一年，我國二。學校規定女生的頭髮不可以留得過長，否則要接受校規處置，但我總是會刻意留一撮比較長的頭髮，塞在耳際裡面，等到教官走遠之後，再放下來。

當時的我，全心全意投入在排球之中。不知道為什麼，這種將球打過來拍過去的運動，在當年深得我心。

我甚至加入了校隊。

只不過，男子校隊及女子校隊的水準實在相差太多，我常常在男子排球隊練球的時候看著他們發呆。

現在想起來，我應該是在那個時候，認識了小孟。

「看什麼那麼入神？」放學後的排球場上，男子排球隊正在練習，我靠在遠遠的欄杆邊偷偷望著，冷不防，一個女生走了過來。

「喔，我只是納悶……」我並沒有注意小孟從哪裡走過來，因為我的眼睛一直盯著球場。

「納悶什麼呢？」女生問。

「他們的舉球員，為什麼一定要把球舉得很高，然後中間有兩三個人跳起來，空揮著手臂，根本沒打到球呀，結果是最後跳起來的那個人殺球？」我說。

「那叫做時間差攻擊呀。」

「時間差……攻擊……」不知怎地，聽到了「時間差」三個字，我心裡好像出現了某種恐懼。

「對呀，時間差攻擊。看起來像是要給一號攻擊手殺球，事實上卻是舉給了三號攻擊手殺球，因此前面兩人，也就是一號和二號攻擊手，同時跳起來的時候，對面要封網的對手就會無法判斷是要封哪個方向……」女生說得流利，我不禁懷疑起，她是否也參加校隊。

我終於回頭看了一下她，是個子嬌小、頂著男孩髮型、笑容純真的女生。

「那如果是要舉給三號攻擊手，結果一號在這個時候硬是要殺到球呢？」

「這樣的話，殺球的時間不合，很容易就會出界，或是掛網。」這個小女生看著我，就像是看著好朋友一般目不轉睛。

「我叫做小孟，郭小孟。我是二〇一班的轉學生。」小女生自我介紹道。

「我是心恬，我在二〇三班。」自然，我那個時候還沒有Tanya這個英文名字。

從那天起，小孟就成了我在學生時代很重要的朋友。

大衛喝了一口紅酒之後，眼睛瞪得老大看著我。

「妳不會要和我說，妳和這個小孟當時交往了吧……哈哈哈……」在這瞬間，大衛的態度讓我感到很感冒。就算我當時真的是和小孟交往，這事情也沒什麼大不了，那感覺，就像曾經和大衛去看電影的時候，在路上遇到一對牽著手的男同志，大衛卻不停對我擠眉弄眼，活像見到了什麼似的。

我不喜歡。

「不是，但小孟在我學生時期，扮演著很重要的角色。」我一面塞著通心粉，一邊說著。

那次之後，每逢星期三和五，我都會在排球場邊看男子排球隊練球，小孟也總是會準時出現，和我一起看他們練球。

看了幾次之後，小孟察覺到我真正的企圖並不是要看排球隊，而是想看球隊裡高挑的副隊長黃克群。

「心恬，妳的眼光怎麼好像永遠都只落在一個人身上。」小孟說。

「有嗎?我眼睛都四處轉呀，我又不是死魚眼。」我刻意轉頭，朝四面八方看，惹得小孟都笑了。

「拜託，我陪妳在這邊看這麼久了，難道會不知道妳在看什麼嗎?」

「看什麼?」

「是副隊長，對吧?」小孟說。

被揭露心事的我，一瞬間漲紅了臉，一句話也說不出來，只見小孟指著我，不停竊笑著。

「喜歡一個人又不是壞事，不過人家國三了唷，妳如果不趕快告白的話，可能就沒時間了。」小孟意有所指地說著。

我看著球場上正高高跳起的克群學長，在陽光的照耀下，臉上的汗珠閃著剔透的光芒，學長就像戰神揮舞戰斧一般，將那顆排球狠狠往對面甩去。

砰！砰！

兩聲巨響，震得我心頭蕩漾不已。

「可是，小孟……告白是什麼意思？只是要讓人家知道，我喜歡他，這樣嗎？」我發直的眼睛沒離開過球場。

「愛是貪心的，妳只是想讓他知道妳喜歡他？還是妳希望他也喜歡妳？還是妳希望可以常常和他在一起，每天都見到他？」小孟連珠炮似地說了好多假設，每一種假設，都讓我心裡多出許多想像。

隨著學長在球場上又再度躍起落下，我的心也跟著翻轉著。凝視了好一會兒之後，我說出了我這輩子對愛情的第一次渴望……

「我想要和學長永遠在一起……」

排球場上依舊響聲不斷，此起彼落的男同學們就像練體操一般，規律地上下跳動著，但我知道我的心，從那一刻起，不再規律收縮……

第9話 表白

大衛拿著紅酒杯，瞇著眼睛看我。

「看不出來，妳也曾經暗戀過男生。我一直以為，一定都是男生追求妳⋯⋯」大衛的耳朵有點紅了，我知道那是他緊張時的習慣。

和大衛交往的這段時間裡，我照著他的SOP流程，標準化地度過每一天，因此大衛從來不用擔心我身邊會出現其他男性，但沒想到，就連我在描述以前遇見的男性，也會讓他不安。

「嗯，那可能是唯一一次的暗戀。」我不敢多講，前幾天才因為再次見到學長而興奮不已，現在差點又因為提起往事，而激動得無法平靜。我並不希望在大衛面前失態，畢竟他現在「還」是我的男朋友。

「妳連對方是什麼樣的人都不清楚，還談什麼暗戀。」大衛現在就像小孩子耍脾氣，不管其他任何因素，都要將我當初暗戀學長這件事貶得一文不值。

他叫黃克群。三〇五班。身高一百七十九公分，體重六十五公斤。除了是排球校隊副隊長之外，還是學校樂隊的指揮，模擬考成績永遠是全校前五名以內，他的志願是成為企業家。特別的是，他國中那幾年因為形象太過端正，據說一封情書都沒有收過。

一樣是星期五傍晚，我和小孟倚在欄杆邊，遠遠看著學長跳起來，又落下，而在網前擔任舉球員的，則是校隊隊長，和黃克群同班的學長薛文。我娓娓描述著學長的大小事，一旁的小孟面露欽佩。

「妳把他的身家都調查清楚了呀，那妳知道他喜歡什麼樣的女生嗎？」小孟問到了重點。

「根據我得到的情報，學長他喜歡……高的也好，矮的也好，胖一點OK，瘦一點也喜歡，五官清楚就好……」我話沒說完，小孟的表情已經揪成了一團，並立刻打斷我的話。

「這些說了都等於沒說呀，到底是什麼意思呀？」

「簡單講，就是學長的生活過於充實，身邊沒什麼女性，他應該不了解自己喜歡什麼樣的女生。」我看著球場中的學長跳起，空揮手臂。這球看起來就是小孟說的時間差攻擊，因為薛文學長把球送到了更遠的地方，由另外一位球員跳起殺球。

「這樣不就簡單，他根本沒談過戀愛，妳就直接告白就好了呀？」小孟大叫。

我冷靜地回頭看她。

「不行啦，我一見到他，根本說不出話來……有一次我們女子球隊練球，結果他們校隊過來說要借場地，我就看著學長直直朝我走過來，我差點就吸不到空氣……」

「妳很沒用耶……」小孟說。

「我知道我沒用呀，可是，那也是我第一次了解到，喜歡一個人是什麼樣的感覺，我的心跳瞬間加速，整個身體都僵硬了，就好像……就好像……被上身的感覺……」我實在找不到其他經驗來形容。

「啊？」

「沒有啦，總之……我只是說，學長讓我了解到喜歡一個人是什麼感覺……」

大衛這時臉上沒有笑容了，似乎聽我描述著我喜歡別人的感受，讓他感到相當的不愉快。他不停用力倒著那已經空了的紅酒瓶，事實上，最後一滴紅酒，早已經落入他的酒杯底部。

「其實妳可以不用描述得那麼詳細，聽妳說這些往事，我竟然有吃醋的感覺。」大衛重重將酒瓶放在桌上，雙眼看著我說。

「我只是想說，你可能會想要了解我的一切……」

大衛搖了搖頭。

「我會想要了解，我會……好，算了，當我沒說那些話，妳繼續說……」大衛對我說完這句話之後，回頭叫了服務生一聲，示意她再拿一瓶相同的紅酒過來。看來大衛是想用酒精麻醉自己，以便順利聽完我的故事。

「那就寫信？妳說他沒有收過情書，應該也沒有被別人告白過，這樣的話，妳只要成為那個第一人，第一個寫情書向他告白的女生，不管他接不接受，妳在他的生命中，都會佔有一個不可抹滅的地位耶……」小孟開心地拉著欄杆盪著，表現出她想到這個好主意的興奮之情。

聽完小孟的提議，我的喜悅從心頭閃過，但只有一瞬間。下一瞬間，我又被恐懼給掩蓋。

「如果他看完之後，拒絕我呢？」

「如果他看完之後，嘲笑我呢？」

「如果……」

「夠了。」小孟停止欄杆上的運動，轉過身子用雙手捧著我的臉。

「心恬，妳是個很可愛的女孩子，就算學長不喜歡妳，也只代表這個學長不喜歡妳，可是還是有很多人喜歡妳的呀。搞不好，就在妳考慮告白的現在，旁邊也有很多人等著要向妳告白，或是害怕著不敢向妳告白呀。所以，我們只要把自己的心意說出口，接下來就是對方的事情了，妳說對嗎？」小孟說這番話的時候，剎那間，我感覺她是個很帥的男生，又或是很有智慧的長者，害我的臉不自覺地微微泛紅。

為了避免失態，我轉過了臉去，繼續將眼神投向排球場上的男子們。

「可是……我連走近學長身邊的勇氣都沒有，又能怎麼把情書拿給他……」這是真的，當時我真的沒有辦法接近學長的方圓兩公尺內。

小孟挑了一下眉毛。

「好吧，好人就做到底。」

「啊？」我不懂小孟這句話的意思。

「妳下禮拜把情書給我，我幫妳去拿給學長。」

「這樣……好嗎……？」事情還沒開始進行，我已經緊張了起來。

「沒什麼好不好的呀，妳趕快寫好給我，我就立刻拿去給學長。」說著說著，小孟又開始拉著欄杆，盪了起來，活像個男孩般靈活。

「不過我要提醒妳唷，因為快要畢業了，我相信和我們一樣想法的女生一定很多，因此，妳要快點將情書準備好，搶不到第一個的話，成功的機率就會大大降低……」

我點點頭。腦子裡開始幻想，如果學長真的接受我的告白，那麼我們是否會一起上學，一起去吃校門口的雪花冰，一起打排球……

一回到現實，就發現大衛的臉難看到了極點。他藉故對服務生發火。

「紅酒呢？我不是又點了一瓶紅酒，怎麼還沒來……」我心裡想著，這就是精密儀器的忌諱。如果沒有照著 SOP 一步一步來的話，很容易就會發生機器「短路」，或是生產線中斷「供輸」的情況。

只不過，今天晚餐要把這些過往講完，才是我另外一項工程的 SOP。

第10話　只是巧合

服務生尷尬地小跑步拿著紅酒瓶過來，途中還一個踉蹌，最後趕緊在大衛面前開了酒，高舉酒瓶往大衛的酒杯裡倒酒。

「這個男人有那麼好嗎？結果你們有交往？」大衛的臉頰這時候已經紅了一小片，而且和耳根的發紅連成一片，看起來就像個醉漢一般。

「沒有，我們沒有交往……」我搖著頭。

「是那個什麼、什麼時間，什麼詛咒嗎？」大衛說得很不屑。在我描述通靈那一段的時候，他就已經嗤之以鼻。

坦白講，我自己都搞不清楚。

那個禮拜五傍晚過後，我花了整整一個週末的時間，到書店去蹲了好幾個小時，除了看看愛情名家們寫的小說或名言錄之外，也幾乎花了一個下午挑選信紙和信封。回想起來，連我現在做時尚編輯工作時，可能都沒有這麼用心。

禮拜天下午三點開始，我坐在書桌前面，一路寫到了半夜兩點。最終，我總算是完成了生平第一封情書，算起來，竟然只有四行字，沒有超過兩百字，但是信封裡面，我不但灑了點香水，加了點亮粉，還綁上小緞帶。如果以我現在的工作標準來看，主編瓊恩肯定會說：「只重在包裝，內容文字乏善可陳，重寫！」

但國中時候的我，可沒有那麼多時間瞎搞。

禮拜一上課的時候，我把情書夾在書包裡最厚的那本教科書中，確保它在傳到學長手中時，還保持著一樣的平整。

只不過，為了不讓小孟覺得我有多麼心急，因此禮拜一到學校之後，我並沒有到她班上去找她，她也沒有過來找我。

禮拜二也是如此。

就這樣等到了禮拜三傍晚，我到欄杆旁看校隊練球的時候，才見到了小孟。

「……」我盯著排球場，刻意讓自己看起來像平常一樣。

「不用假裝了啦，情書給我。」小孟拍拍我的肩膀，害我笑了出來。

「拿去。」我打開書包，翻開那本重達兩公斤重的教科書後，將情書交給了小孟。

「好，等我好消息。今天太晚了，禮拜五傍晚，我再和妳說情況如何。」小孟笑嘻嘻地說著。

「妳真蠢，不該交給她的，這個小孟搞不好是個T。」大衛不但斬釘截鐵地判斷我的愚蠢，更說出我心裡面曾有過的懷疑。

「你不要亂說啦，只是好朋友。」我雖然也懷疑，但總之不喜歡大衛說話的口氣。

「那妳和我說呀，結果一定是失敗了，對吧？妳一定也不知道，那封信最後有沒有交到學長的手中吧。」這時大衛拿著酒杯看我的樣子格外惹人厭，但我也不得不承認，大衛的話有那麼一些可能性。

禮拜三晚上，我接近失眠。我開始有點擔心，那封信會不會造成什麼影響，會不會小孟根本沒有把那封信交給學長……

難熬的禮拜四。我知道小孟不會出現，小孟就像照生理時鐘行動的人，時間沒到，就不會自己出現。

於是我只能等待。禮拜五我也聽不進任何課，同學們和我聊天的內容都是左耳進右耳出，一整天彷彿只是為了迎接晚上的祭典般緊張。

然後，事情開始有了變化。就在禮拜五傍晚，我依舊一個人站在欄杆邊看排球隊練習，但小孟沒有出現。

我真的急了。那個時代沒有手機，我也沒有留小孟家的電話，可是就算有聯絡方式好了，像我這麼臉皮薄的人，也不好意思專程去問小孟，是否已經幫我把情書交給學長。

就在我一個人倚著欄杆，焦急得如熱鍋上的螞蟻時，更失控的場面發生了。當我不停低著頭，踩著欄杆下的土，發洩等不到小孟的著急時，我看著地面的視角範圍內，竟然出現了一雙穿著球鞋的小腿。

我順著球鞋，小腿，大腿，往上攀爬瀏覽的時候，赫然發現，黃克群學長就站在我面前，距離不到一公尺。這是我從來沒有想過的事情，竟然可以進入他的「結界」。

我看著學長，嘴巴顫抖著，連聲音都發不出來。而學長看到我的樣子，似乎也緊張了起來。

我和他兩個人，就這樣在他的「結界」內，對峙了好一會兒。終於，學長開口了。

「這個……請妳收下……裡面，寫得很清楚……」學長從他的口袋裡，拿出一封摺好的信紙。我認得出來，那不是我寫給他的情書。也就是說，他並不是要拿我的情書來退貨，而是要給我他的訊息。

小孟，成功了！

我站在欄杆前，倚著。我相信，要不是身後有這根欄杆，我的身體可能已經往後傾，然後直挺挺倒在地面。只不過，我的身體依舊僵硬，沒有多餘的力氣可以伸出手去接學長要給我的信封。

學長說完話之後，見我沒有任何回應，自己也尷尬起來，於是他連忙將他手中的信紙塞進我的手中。那一瞬間，我碰到他粗厚的手指，心裡的鼓聲已經澎湃到不是人間該有的心律了。

學長面對著我，退了幾步，臉上露出笑容，接著轉身，往排球場跑去。我則是呆呆的，繼續站在欄杆前。

大衛，又狠狠喝掉了一杯紅酒。

「我錯怪了那個什麼小孟是嗎？」大衛說。

我則是沉默著，不發一語。

「什麼意思？這樣兩個人都互相喜歡，不就可以交往了？妳不是就是要告訴我，這個男生是妳的初戀嗎？」大衛不知道哪根筋不對，嗓門變得很大。

我的回憶一下子又跳到了那個禮拜五傍晚。因為，我打開學長給我的信封之後，情緒完全翻轉。

「心恬學妹妳好：

常常看到妳們在練球，也常常看到，妳在欄杆那邊看我們練球。再過一個月，我就要畢業了，我想要把握最後的機會，來告訴妳我心中的話。

我很喜歡妳，想要和妳交往。如果願意的話，下個禮拜五傍晚，請繼續等在欄杆處，我會在練完球之後，過去找妳。

學長　薛文」

我恍然大悟。克群學長原來是扮演小孟的角色，過來幫忙傳遞訊息的。我當下緊張的卻是，不知道小孟到底給學長情書了沒。如果沒有給，我得要趕緊制止她。如果給了，學長卻是這種反應，我也知道，答案為何了……

第11話 差了一點點

收到薛文學長的情書，讓我有點錯亂。的確，每個禮拜三和五的傍晚，我在看校隊練習的時候，除了黃克群學長之外，薛文學長也是我每次都會看到的人，但那是順便看到的，畢竟薛文學長是校隊中的舉球員，也是這支球隊的核心人物。

薛文學長，也不差……

我忽然很訝異，自己心裡竟然跳出這樣的一個念頭。我開始懷疑自己對黃克群學長的感情。還是說，「愛情」這玩意兒就是這麼脆弱的東西？

整個週末依舊沒有小孟的蹤跡。我本來不期待會在星期三傍晚前見到她，沒想到在星期一放學的路上，我遇到了小孟。

小孟戴著口罩，整個人的狀況看起來不是太好。

「妳怎麼啦？幹嘛搞成這樣？」我問。

「發高燒，感冒啦……從上禮拜四開始，我都沒來上課呀……」小孟隔著口罩，聲音悶悶地說著。

這樣一來，我大概就知道情況為何了，小孟根本還沒有把情書給克群學長呀，難怪克群學長當天可以這麼自然地把薛文學長的情書交給我。

看著我的古怪神情，小孟笑了起來。

「別擔心，妳的情書我已經交給學長了啦。」雖然隔著面罩，但我可以判斷出小孟說這話的時候臉上是在笑。

「什麼時候？」我這下急了。

「今天中午。」小孟說話的口氣像是在邀功，但她完全料不到上禮拜五傍晚發生的事情。

「今天中午？」我不太想相信這件事情。

「對呀，今天中午，我親手交給了他。」小孟繼續加強了語氣。很湊巧地，就在我和小孟說話的時候，黃克群學長和一票排球隊的人走出校門，而排球隊的隊員們向克群學長打了聲招呼之後便離開了。克群學長接著走向校門口，一個身穿白色長裙的女生，就站在那邊，感覺兩人是約好的。

「那個是校花李潔如……怎麼會這樣……」小孟在我耳邊輕聲說著，我倒反而想問她，現在到底是什麼情況。

克群學長和李潔如見面之後，講了幾句話。我看見克群學長的臉上帶著笑容，兩個人並肩走著從我們身邊經過。克群學長在靠近我一公尺左右的時候發現了我，我們兩人的眼神凝視了約兩秒鐘，接著克群學長就尷尬地撇過頭去，我無法判斷他心中的想法為何。因為，今天再見到我，已經是收到我的情書之後了……

大衛以為，他抓到學長的小辮子了。

「我懂了。妳那個學長根本就有女朋友，都是騙人的，就是要欺騙妳們這群無知的小女生，對吧？哈哈……」大衛這時候心情好了不少。

「他是有女朋友，不過……」我繼續說著。

我的心情很沉重。當時在校門口，我的想法和大衛一樣，認為學長是假裝沒有女朋友，但其實已經交往很久，否則怎麼會這麼巧呢？

那個禮拜一之後，我的心情更加複雜，除了要思考禮拜五傍晚是否要繼續在欄杆處等薛文學長過來，還會不停去想克群學長到底是什麼樣的人，難道是我自己看錯人……就這樣，我不停在這兩個男人的事件中翻滾，過著亂七八糟的生活，一直到星期五傍晚。

「妳要接受薛文？」按照慣例，小孟也出現在欄杆邊，陪著我，這時候小孟已經把口罩拿下了。

「我不知道，但在這個禮拜之前，我一直都只有喜歡人的經驗，卻沒有被人喜歡的經驗。我……有點好奇……」我說。

「可是，妳會想和薛文學長永遠在一起嗎？就像妳想和黃克群一樣？」

「永遠聽起來……好久……」我沒有正面回答，因為當時的我根本不知道答案是什麼。但我心裡知道，我敢說出我想要永遠和黃克群一起，但不敢說出，我想要永遠和薛文一起。

「他們好像快練完了，我先走了，不當電燈泡了……」小孟說。

「嗯……」我的眼睛還是盯著排球場。沒多久，我的耳邊沒了小孟的聲音，我知道她已經離開了。

排球場中的那群男子開始收拾球網，接著我看到一個人影，緩緩往我的方向走來。人影越來越清晰，越來越具體，我知道這人不會是黃克群學長，於是我的情緒，似乎一點變化都沒有。

沒多久，薛文學長站在了我的面前。

「妳好，我是薛文。」薛文學長的五官也很深邃，有點原住民血統的感覺，黝黑的皮膚，潔白的牙齒，整個人洋溢著運動員般的陽光。

學長邀我到校門口的冰店吃雪花冰。那曾經是我幻想著可以和黃克群學長一起進行的行程，沒想到今天身邊坐的卻是另外一個人。

「妳很喜歡一個人在欄杆邊看我們練球唷？」薛文學長一邊用湯匙攪弄著雪花冰，一邊看著我問。

「不是一個人呀，還有另外一個女生，只不過她先走了。」我則是專心吃著雪花冰。

「喔，那……妳們是喜歡看人練球？還是？」學長問的這句話，忽然讓我覺得有機可乘。

「喔，沒有，我朋友喜歡看黃克群學長殺球，她覺得克群學長很帥……」我偷偷用了小孟當藉口，想要問出些蛛絲馬跡。

「哈，那真可惜，克群才剛剛交了女朋友。」果然，學長立刻說溜嘴。

「這麼剛好？」我故作驚訝。

「對呀，好像是上禮拜四吧。就是上禮拜四放學的時候，有個女生拿了封情書給克群，克群從來沒有收過這種東西，超高興的，就這樣答應了對方，然後……我也才想說……有樣學樣，就寫了封情書……給妳……」學長講到自己的部份時，也不免難為情了起來。但，我搞通了所有事件的先後順序後，忽然嘔了起來。

上禮拜三我把寫好的情書交給了小孟。小孟上禮拜四開始發燒，於是沒有第一時間將情書交給黃克群學長。上禮拜四放學的時候，李潔如將她的情書交給了黃克群學長，於是薛文學長有樣學樣，在上禮拜五寫了封情書，要黃克群交給我。然而，小孟卻在這禮拜一中午，才將情書給了黃克群學長。

也就是說，如果上禮拜四小孟沒有發燒，在放學前將情書交給黃克群學長的話，很有可能黃克群學長就會接受我，那麼薛文學長知道之後，也不可能再透過黃克群學長傳達他的心意了。

因此禮拜一黃克群學長看到我的時候，心裡可能五味雜陳。如果他一開始對我比較有好感，卻因為我慢了一步，促使他和另外一個女生在一起，他也會不好意思做出任何改變吧……

時間上，就差了那麼一點……就差了那麼一點點……

第12話 帳號

大衛靜靜聽完我說的國中這段過去，最後似乎也沒什麼評論想說。

「這和詛咒沒關吧，純粹是無緣吧……」總算，大衛聽到我沒有和理想中的男生交往，稍微恢復了點理智。

「也許是吧……」盤子裡的通心粉已經差不多被我吃完了，但為了避免直接看到大衛的眼神，我還是低著頭，用刀叉不停地在盤中搜索著。

「所以後來妳有和這個薛文學長交往嗎？」大衛在意的，還是這事情。

我點了點頭。

「妳們……到什麼程度？」大衛將酒杯就口，眼睛雖然看著我，卻還是喝了一小口紅酒。

「算初吻吧，我的初吻是和薛文學長一起……」我這時候頭低得更低，我知道，大衛對於這種事情，非常沒有抵抗力。

果然，原本就已經喝了一小口紅酒的他，索性把酒杯再度拿起，喝光杯中所有的液體。

「妳不是不怎麼喜歡人家，怎麼還可以接吻呢？」大衛的口氣，讓我想起電影裡律師對被告的質詢。

我不知道每個人開始交男朋友的時候，都是怎麼樣做選擇的。但當身為校隊隊長的薛文學長開始對我好的時候，我也不禁起了點虛榮感。我甚至對小孟說：

「原來被別人喜歡，比喜歡別人更快樂……」

小孟的表情很詭異，我知道，她不喜歡我和薛文交往，只不過，我也說不出來任何不交往的理由。

一個月後，三年級的學長們畢業了，我和薛文學長的交往，也在畢業典禮那天晚上的接吻之後，結束了。

「那種濕濕黏黏的感覺，我有點不喜歡。也有可能是因為對方是薛文學長，如果是克群學長的話，可能一切就不一樣了。」我對小孟這樣說。

只不過，有別於當初我們投遞情書時，在時間上的默契，我和薛文學長分手之後，我聽說校花李潔如並沒有和黃克群學長分手，聽說兩個人感情很好，還相互約好了要上同一所高中。

我沒有死心。我知道，我心中的某個地方，還在渴望著克群學長和李潔如分手，這樣一來，我就有機會和克群學長交往。經過了和薛文學長交往的一個月，我有經驗，我知道要怎麼樣對待男朋友，才是真正的交往。

在我們這種小地方，大家上的學校都差不多，只不過，小孟並沒有和我上同一所高中，反而因為家裡的關係，去上了一所比較遠的學校。

話雖如此，我們每個禮拜三和五，還是會約在一個地方見面，也許去吃吃雪花冰，也許去逛逛街。

「妳還想著黃克群？」高一的某個禮拜五晚上，我們在街上閒逛的時候，小孟不經意地問我。

「嗯，我知道李潔如還在和他交往，但我不知道，要怎麼樣有機會和學長接觸。」說話的同時，我正看著櫥窗裡擺設的聖誕節陳列。

「妳不能直接去找人家，太明顯了，就算那個學長真的對妳有意思，他也會顧慮自己有女朋友，不敢和妳太接近呀。」每次聽小孟講感情的事情，我都會覺得她很超齡，而且超越性別。

「那我該怎麼辦？」我相信小孟已經想出方法了。

小孟的說法如下：黃克群與李潔如現在分別在不同的學校裡面，可是他們還能保持聯繫、維持感情，一定是用網路（高中時網路已經開始普及），所以呀，我應該要想辦法，得到黃克群的通訊軟體帳號，然後利用網路，好好與他培養感情，最後才有機會和學長在一起。

經小孟這麼一說，我才忽然想到，的確，因為我和李潔如還是在同一間高中，我總是會在中午休息時，看見她跑去電腦教室裡用電腦，現在想起來，那一定是她和學長維持感情的最好機會。

在描述這一段經過時，我有點不好意思講得太清楚，畢竟這事情聽起來，有點像在搶人家男朋友，但我只會對克群學長有這種念頭，其他人我都寧願順其自然。

我抬頭偷看了一下大衛，大衛只是盯著我看，沒有講話。於是我繼續說下去。

在和小孟逛街後的某一天中午，我在電腦教室邊，等著李潔如的出現。果不其然，她很快走入電腦教室，選了一個位子坐下。這時候的我，也悄悄走到她身邊的位子，開了電腦。就在李潔如使用通訊軟體與某人對話時，我刻意叫了她。

「同學，我這台電腦好像怪怪的，妳可以幫我看一下嗎？」我的臉上堆滿笑容。

李潔如探頭看了看我的電腦，不是十分確定。

「電腦怎樣？沒有什麼問題呀。」

「我想要叫出通訊軟體，可是我找不到。我可以和妳換一下電腦嗎？我看妳的電腦已經叫出通訊軟體了。不好意思，我電腦很笨……」

「好吧。」李潔如看了看螢幕之後說。

「我幫妳登出，我自己再登入。這樣我就會使用了……」我趕緊移至李潔如原先使用的電腦，偷偷記下視窗裡對方所使用的帳號。

Volleyball15。

沒錯了，我確信這是黃克群學長的帳號，因為他在國中校隊的背號就是15號，加上前面的排球英文單字，以及李潔如這麼親密的對話紀錄，我無須再懷疑。

大衛的紅酒瓶又空了。我很難估計，如果照這樣聽我講下去，他需要喝幾瓶紅酒，才有辦法鎮定。

「妳為了這個黃克群，怎麼像是什麼事情都做得出來？可是為了我，妳好像就沒有那麼大的能量……」大衛說得酸，我卻只能充耳不聞。

在得到了黃克群學長帳號的那天中午，我看了看電腦螢幕上顯現的日期。四月三日，我記得很清楚，因為從那天開始，我和這個帳號展開了深度的聊天。

第13話 Volleyball15

其實在當天中午，我就已經開始和 Volleyball15 交談了。也就是說，當天中午，我和李潔如坐在同一間電腦教室裡，兩個人比肩而坐，聊天的對象卻是同一個男生。

我先加了 Volleyball15 這個帳號，很快地，他也加了我。

「請問我們認識嗎？」他說。

「應該不認識……」我並不想讓他知道我是誰，我希望的是，如小孟所說，先確切了解彼此之後，再讓學長知道，我就是那個國中時期，一直倚靠在欄杆邊看排球隊練球的女生，這樣的話，應該會更有印象。

就這樣，我們避開了彼此的身分問題，開始用著代號，閒聊著生活。畢竟，我國中時期也是排球隊的隊員，因此對於排球的一切，我相信我懂得比李潔如多很多，在這方面，我們聊得非常愉快。

或許也因為對方是學長的緣故，因此不管是任何話題，只要是由他開啟的，我都會非常有興趣地接下去。

「我覺得，和妳之間似乎什麼都可以聊耶……」於是，學長打出了這樣的字句。

「你和你女朋友不行嗎？」在撐了一個禮拜左右，我終於說出這句話。

「妳怎麼知道我有女朋友？」學長疑惑了起來。

「像你們排球隊的，一定都很受歡迎，一定都很多女生喜歡的呀。」我只好自圓其說。

「我女朋友……嗯……她很嬌啦，也不喜歡排球，總是要和我聊什麼衣服、化妝的，我根本就不懂……」我印象很深，因為這段話之後，我逐漸突破學長的心防，因為學長和李潔如之間的確存在問題。

就這樣過了兩個禮拜之後，某一天，學長說出了令我驚訝的話。

「我好喜歡和妳聊天，甚至想要和妳交往。我們，可以交往嗎？」運動員非常直接，雖然稍微嚇到了我，但這不就是我希望的結果嗎？

於是我們決定約在我的學校後門，但為了避免兩人認不出對方，我們決定帶一本書，作為相認的信物。（事實上，我怎麼可能認不出他來，黃克群學長的長相，我都已經不知道複習幾萬次了。）

我看過的書不多，便說要帶H的小說《未來，我是你的老婆》。就這樣，我們決定在四月底相約見面。很有可能，克群學長會在見到我之後，決定和李潔如分手，直接和我交往。

「帶什麼H的書，一點格調都沒有，好歹也要帶些文學名著什麼的吧……如果是我的話，我一定會帶《基督山恩仇記》之類的。」不出我所料，大衛在這個地方一定會有意見。我知道他真正有意見的，不是我帶什麼書去見面，而是這個即將和我交往的男生。

「你想聽我說完嗎？」大衛屢屢打斷我的故事，我其實也開始有一點不耐煩。大衛故作瀟灑地舉起酒杯，做了個「請繼續」的手勢。

在這個地方被打斷導致我情緒不佳，是有原因的。因為事情並沒有想像中順利。

那一天是禮拜五。我推掉了和小孟的固定約會，帶了前一天在書店買到的書，抱在胸前，靜靜地站在學校後門口。

沒多久，陰暗的天空開始降下雨水，接著雨滴越來越大、越來越快，我站在門口，竟然找不到可以遮擋的屋簷，很不巧……或者該說很巧，李潔如撐了把傘，正要走出後門。

她一眼就認出了我。

「同學，妳是上次在電腦教室的同學……妳沒帶傘呀？」李潔如很好心地用她手中的傘擋住我頭頂上的雨水。我們兩人就在一把雨傘下，但我的心卻在這時候莫名緊張了起來。

「沒關係，我等人，應該一下子就到了……」話一出口，我就後悔了。

「這樣呀，那我陪妳等一下，不然妳這樣很快就全身淋濕了……」我從不知道，李潔如對人也這麼好，也許，我對她的印象是錯的。

「沒關係……應該很快就到了……」

「對呀那沒關係，我陪妳站一下……」

我瞬間找不到任何藉口搪塞了，心裡頭只盼望著學長這時候不要來，要不剛好發生意外，或是有任何事情都好，千萬不要在這個時候出現。

後門口的人來來往往不少，不過因為下起了雨，大家手上都撐著傘，就算經過了，也不見得看得出來誰是誰。我心裡暗自祈禱著，希望學長的眼睛銳利點，走過來的時候如果看到李潔如在我身邊，就趕緊把雨傘壓低，快步走掉吧。

其實時間沒過多久，但我心裡著急，感覺時間過得有如烏龜爬行那般緩慢。另外有種可能可以避免掉這樣的尷尬，那就是雨趕緊停了，李潔如應該就會離開，這一切就沒有任何問題。

也許上天聽到我的呼喚，兩分鐘過後，雨水打在傘上的聲音變小了，逐漸地，逐漸地，看不到有雨水滴下。

「啊！雨停了，同學，謝謝妳陪我等，現在沒關係了，我可以自己等。」我話還沒說完，一個高大的男子撐著雨傘，頭低低地走到我和李潔如面前，我的心臟幾乎快要停頓。

男子的動作不快，停在我們面前時，他將手伸出傘外，探了探天氣，發現沒有下雨了，便準備收起他的雨傘，我緊張到不知道該如何動作。

傘一收，我看到了這名理著平頭的男子的臉，我吐出了一口好大好大的氣。

不是黃克群學長。

就在我慶幸我認錯人的時候，李潔如忽然開口了。

「你怎麼會在這邊？你來找我？」

高大的平頭男子收起雨傘之後，被李潔如的聲音嚇到退後一步。

「妳……潔如……我……」很顯然，平頭男子並不是要來找李潔如，也沒有預期會在這個地方看到李潔如。

這時候的李潔如像是發現了什麼，眼睛頓時銳利了起來。

「《未來，我是你的老婆》？你帶著這本書幹什麼？」李潔如的話一說完，立刻意識到我也抱著同一本書。回過頭來，盯著我胸前抱著的書本，然後像是了解了什麼似的。

「你們……你們兩個帶著相同的書是什麼意思？」李潔如這時候說話的口氣，讓我發現了情況不對，因為，聽起來，這名平頭男子雖然不是黃克群學長，卻似乎是李潔如現在的男朋友，也就是我一直在交談的對象。

「劉問明，你劈腿？對嗎？你和我交往不到一個月，你竟然就劈腿……」李潔如當場在學校後門開始發飆。我將心比心，如果我的男朋友只交往了一個月就劈腿，我想我也會這樣吧……

但，只交往一個月？我似乎發現了問題的重點，於是我顧不得李潔如的嘶吼，我必須釐清我的疑慮。

「所以，妳和上一個男朋友交往到什麼時候？」

「我和黃克群交往到三月底，為了這個傢伙我才和他分手的呀。沒想到你竟然……」

「Volleyball15？」這背號，不是黃克群學長國中時期在校隊的號碼嗎？

「對呀，因為我在高中校隊的背號就是15呀……」

陰暗的遠處天空忽然響起了雷，好像老天爺在嘲笑我一般。如果我和小孟的計畫早幾天實行，我要到的帳號應該就是黃克群學長的帳號。就這樣慢了幾天，我約到了別人，我變成了別人的第三者……

時間上，就差了那麼幾天……

第14話 大學生了沒

大衛的臉上，總算露出了笑容，似乎只要我描述的事情不夠順利，就可以得到他的青睞。

「哈哈哈……所以說，妳真的是受到了詛咒？每一次都是時間上差了一點，因此錯過了你最喜歡的人？」大衛一邊搖頭，一邊說著。

我並沒有很想回應他，因為我本來就不想把這些過去拿來說嘴，畢竟沒有一次是讓我稱心如意的。

我向服務生要了甜點。我的故事慢慢進入後半段，我得要開始替我的故事結尾，做一個好的鋪陳，下一個完美的句點。

「結果妳有跟那個平頭男交往嗎？」

「嗯，後來高中那兩年都和他在一起……」這答案肯定不是大衛想聽的。我知道大衛希望的是，我一直以來都沒有交男朋友，最後才和他在一起。

「那……你們一定很合了，都喜歡排球……」

我並沒有搭腔，因為在那段時間裡，我把我的第一次給了他，而且運動員精力旺盛，我的青春愛情竟然有百分之九十五的時間都花在性愛上頭。那是我第一次了解到，性愛對男人的重要性。不過也因為那樣，他的需求最終還是需要找其他女人填補。之後，我也把性需求強烈的男人列為拒絕往來戶。

當然，以上的篩選條件，我並沒有在大衛面前說出來，我並不想要節外生枝。

「這樣聽起來，妳的故事應該要進入大學階段了吧？」大衛興致高昂了些，也許他知道，故事很快就會進入到他的階段。

我點頭，看向前方四十五度角的地方，服務生正拿著我愛的提拉米蘇走過來。我決定等到嚐一口甜點之後，再開始描述最後一段故事。

服務生將提拉米蘇放到我的面前。我用拇指與食指，輕巧地拿甜點湯匙挖了一口，放入口中，幸福的美味就這樣在我的嘴中擴散開來，吃甜點真是人生中最美妙的時刻。

上大學之後，很多事情都變了。我原本看起來是個愛好運動的美少女，也有了轉變。我試圖讓自己更美麗些，於是開始翻看化妝、時尚流行等雜誌。高三那年，我忽然意識到，李潔如喜歡和劉問明聊這些東西，一點也不奇怪，怪的反而是我當年竟然滿腦子都想著排球。如果要提出一個比較合理的解釋，只能說都是因為黃克群學長吧。

我上了服裝設計系，也沒那麼刻意，但我希望自己可以打扮得更流行，不想讓別人覺得我的童年是在那麼庸俗的地方成長、學生時期都在運動場上度過。

不過最大的變化，應該是我和小孟失去聯絡，這個我從小到大最好的朋友，就這樣一聲不響地不知道上了哪一間大學。或許是大學生活的確比較有趣，一時之間，我也不太在意是否少了個朋友。

另外，我也失去黃克群學長的下落。自從他和李潔如分手之後，我就再也不知道他到哪裡上學、發生什麼事情了⋯⋯

從這段時期開始，我的生活就像是個正常的大學生，聯誼、課業、社團，各種該玩的事情都參與了，唯獨一件事情沒有在大學時期發生。

那就是交男朋友。

或許是因為失去了黃克群學長這個目標，上大學之後，我看每個男生都順眼，卻沒有誰會激起我當年對克群學長那樣的感覺，直到大三那年。

大衛也叫了一份甜點。他用力地將湯匙插進草莓冰淇淋之中，挖掉將近一半的分量，放入口中。

「哈，果然是大三那年，果然。」大衛得意地笑著。

為了防止他在我說這段話的最後關頭打岔，我決定用另外一種方式描述，也就是我只描述事情經過，並不去描述我當時的內心感受，我想這樣大衛才會讓我把整個故事說完。

大三那年，我開始對其他系的課程感興趣，尤其是攝影課程，於是我選修了外系的課程，想要好好學攝影。

時間差是很奇妙的一件事情。

那門課的第一堂課，我竟然睡過頭了，於是當天鐘聲響起的十分鐘後，我才趕到教室外。我透過窗戶縫隙往裡看，才發現選修這門課的學生實在太多了，座位幾乎都已經坐滿。我在外面看了很久，才好不容易在最後一排的中間發現一個位子。我低著頭，從教室後門悄悄跑進去，打算就這樣一屁股坐在空位上，卻沒想到，另外一邊也有一個人低著頭，從前門竄進來打算搶這位子。

於是，我們兩個人就像是玩大風吹一般，兩個屁股擠在了同一個座位上，這下子當然是瘦弱的我吃虧，被對方撞得跌落在一旁。這麼一來一往發出的聲響，早就惹得整間教室的老師和同學回頭看了。

我坐在地上，屁股痛得厲害，這時候旁邊一名瘦高的男生出現，伸出了手。在教室的日光燈下，他的臉看起來非常秀氣。

「妳沒事吧？」男生試圖將我扶起。我看著他，感覺十分尷尬，畢竟遲到進教室已經很冏了，搶不到位子還被撞倒在地上，更是令我無地自容。

「哈哈，我就知道當時妳對我印象很深刻。」大衛笑著。

沒錯，當時伸手扶我起身的男人，就是現在坐在我對面的大衛，但在我真正的故事裡面，大衛並不見得是第一男主角。

當我被大衛扶起，我第一個念頭是感到尷尬，第二個念頭則是想要臭罵那個和我搶位子的男生。我的直覺告訴我，那人一定是男生，因為女生的力道沒有那麼重。

「一定要這麼兇嗎？」我對那個坐在座位上的男生叫著。

只見那個男生站起來，緩緩回過頭看著我。

「不好意思，這位子給妳坐吧。我剛才沒看到妳也衝進來……」男人的聲音既溫柔又好聽，重點是那五官如此精緻，眼神如此有精神，是我從未想像過的男人相貌。

「阿男，都是你的錯，快把位子給人家坐。」大衛在一旁吆喝著，顯然他們兩人是互相認識的同班同學。

「沒想到我們第一次見面的情況，妳記得很清楚呀。」大衛開心地挖著盤中剩餘的冰淇淋，嘴角上揚著說。

只不過，我並沒有描述我當天的心情。因為那個叫做阿男的男人，點燃了我心中熄滅已久的火燄，那就像是看著黃克群學長在空中伸展身體，重重將右手朝排球甩下去的力道一般。

砰！砰！

我喜歡這個男人，這是當天我跌倒站起來之後，第一個竄進心頭的想法。

第15話 故事的結局

「故事說到這裡，我想我大約都了解了，因為接下來就是你我之間發生的事情。我們還是來想想，等等吃完晚餐後要去哪裡吧。」大衛舔著那已經沒有任何冰淇淋的叉子，雙眼直看著我說。

可是，我鋪陳了整晚的故事，現在才是壓軸。

「我還沒說完，你就聽我把這一段說完吧。也許我們之間，和你想像的……有那麼點差距……」我說。

大衛張大了眼睛，似乎一直到這時候，他才察覺到我今天有所企圖。

我知道了那男生叫做阿男。身高一百七十七公分，體重六十四公斤，和大衛一樣是英文系的，但阿男是班上的獨行俠，而且是真的喜歡攝影。他會為了捕捉日出的鏡頭，等在田野間半天，不像大衛只想靠攝影與女孩子搭訕。

阿男的五官雖然精緻，卻留著一頭長髮，尖銳的下巴上，有著似乎怎麼修也修不乾淨的鬍渣，雖然那時候才大三，但他整個人已經充滿了藝術家的氣質，似乎也早已決定了往後的人生道路。

那天在攝影課上，阿男說完話之後，便瀟灑地離開了教室，而我坐在那個空位上，隔壁坐的人，正是大衛。

大衛一直很細心地問我有沒有帶課本、有沒有學過攝影、需不需要幫忙之類，但我完全沒心思上那天的課，更別說會聽進大衛在我耳邊說的那些話。我只希望，能夠有機會再次和阿男見面。

很自然地，我認為唯一的管道就是身邊的大衛。

「大衛，你們英文系應該有很多有趣的課程吧？」我問。

「是有些啦，當然也有一些比較沉悶的課程，例如西洋文學史概論。」

「這是必修的嗎？」

大衛點點頭。我也在心中點了點頭。

「我對這方面很有興趣，下一次你可以帶我去上課嗎？」我這個問題真的是白問，因為大衛滿臉寫著求之不得。不過就像這頓晚餐一樣，大衛永遠都不知道，我心裡盤算的是什麼事情。

隔天就有西洋文學史概論課，於是我和大衛約在文學院門口，打算一起進教室。對於大衛來說，多帶一個女同學來旁聽，似乎讓他驕傲不少。

但我踏進教室之後，就知道我錯了。

教室裡學生很少，更別說會看到阿男了。

「這堂不是必修課嗎？為什麼人這麼少呢？」我好奇地問。

「是必修的呀，只不過很多人大二就被當了，因此順利來修大三課程的人不多，很多人都重修了，包括那天撞到妳的阿男。哈哈，那傢伙超混的……」大衛似乎認為這麼說可以貶低阿男，進而提升自己的價值，只不過聽在我耳裡，只會再次覺得可惜罷了……

現在回想起來，我覺得似乎就是在那一次之後，漸漸認命了……

要不是這次要告訴大衛這麼一大段往事，我可能也沒有機會整理自己過去的感情，而當我這樣一路敘述下來，我發現就是這堂課讓我斷了念頭……

月老也好，愛神也罷，可能我在無意之間得罪了祢，而我也真的認輸了。從國中開始的黃克群學長，一直到了高中的時間差，現在就算克群學長不在了，我換了新的對象，似乎也總是無緣聚首……我只能說，祢贏了……

但我還是將所有的事情押注在某個點上，我沒有放棄。就在我上了一整年的西洋文學概論之後（內容之艱辛，絕對不是常人可以想像），我竟然才驚覺我應該還可以與阿男在某個地方見面……

既然阿男這麼喜歡攝影，那麼學校的攝影社肯定不會少了他的存在，搞不好他還是攝影社社長之類的呢！

在英文系旁聽的這段時光中，我很清楚感受到大衛對我的好感，而我卻也這樣敷衍了他整整一年，也許我心中下了個決定，如果最後希望破滅的話，我就真心認命，任由那可惡的愛神擺佈。

於是大四一開學，我立刻準備加入攝影社。在那裡，我見到了幾個學弟妹正在社團辦公室招生，打算招攬大一新生，沒想到卻出現了我這麼一個老齡學姊。

「我想要入社。」我說。

「咦？學姊應該大四了吧？」學弟臉色有點奇怪，不過我也能想像，誰會在大四的時候還來申請加入社團呢？

「是又怎麼樣？」

「沒、沒事……請填報名表。」學弟拿出入社報名單。我在寫個人資料時，故作不經意地問著。

「請問你們社長是誰呀？」

「喔，是英文系的阿男學長。」學弟回答得很快，我的心也跳得很快。果然，和我想的完全一樣，早知道我就該在大三時加入社團，也許現在我和阿男就會是很好的朋友了呢。

「不過今年可能不是了。」在我心花怒放之後，學弟冷冷補上一句。

「什麼意思？」我填寫資料的手，停了下來。

「阿男學長因為曠課太嚴重，被退學了。」學弟說完話時，我的個人資料剛好填到最後一欄。「來參加社團的原因是：朋友介紹，興趣使然，看到海報，其他……」我在「其他」的選項上面，劃了個大圈圈。

我填完資料之後，大衛大搖大擺地走進社團辦公室，看著我手上入社資料，開心地笑了。

「原來妳跑來加入社團了呀，以後我們可以一起拍照呀！」我硬擠出笑容。我不是第一天認識大衛，大衛連光圈是什麼都不知道，更不要提什麼取景的天份了。對他來說，攝影只是一種用來接近女孩子的話題罷了，而我在這一天之後，徹底放棄了……

沒多久，大四那年的秋天，大衛提出了和我交往的要求，我想也不想，就接受了。事實上，接受大衛之後，並沒有想像中痛苦。大衛對我很好，言聽計從，不管我想要如何，他都會盡量配合。和他在一起，除了生活公式化，少了點浪漫，沒有什麼激情，心跳不會加速之外，其實一切都好，一切都好。只不過，時至今日，我真的了解到，我做了這樣的決定，對我的生活造成了重大的影響。

坐在我對面的大衛，這時候的嘴巴幾乎闔不起來，我相信，就他的立場而言，我們的邂逅就像是小說般的愛情故事一樣。我闖進課堂，跌倒、被他扶起，接著很自然地，我和他有共同的興趣，開始一起上西洋文學概論，後來我更是貼心地在大四那年，偷偷跑去報名攝影社，只為了與他多一點相處，因此他順理成章地表白，我們幸福地開始交往。

殊不知，我因為一路下來永遠得不到最愛的那位，最後總是退而求其次，與其他男生交往，到了大衛，更是完全放棄……

而在最近的生活當中，我了解到了自己的問題，深切地發現了自己的問題……

我不敢追求我的最愛……

「大衛，這樣你懂了嗎？因為我不敢追求真愛了，所以，我和你在一起了。」這時候的我不再低著頭，而是正面看著大衛。

反而是大衛的眼神，時而看向盤底，時而看向服務生，他不知道這個時候該做何反應……

「……那、那……為什麼……要在今天……和我說這些事情？」經過一陣混亂，大衛那擁有許多SOP的腦子，終於幫助他擠出這樣一句話。而這個問題，也正是我精心安排，希望他說出來的。

「因為我見到了黃克群學長。我下禮拜一，要和他開會。」我說得鏗鏘有力，每講一個字，我就越興奮。

「……所以呢？」

「所以我要找回自己的信心，我要再一次追求真愛，這一次絕對不讓學長走掉。因此，我必須和你分手，請你諒解。」最後幾個字說出來之後，我的腦海中忽然浮現小孟替我鼓掌的畫面，我相信大學時期她不在我身邊，一定會對我和大衛交往了這麼久感到可笑吧……

大衛低著頭，一言不發。我心中帶著點愧疚，卻無法不下這樣的決定。我必須要挑戰命運，不可以讓別人決定我的人生。

我站了起來，拿起皮包。

「不好意思，這一次就改變一下你的 SOP，讓我來付帳吧。」隨後，我離開座位，走到櫃檯，結束這頓晚餐。

結束這段感情。

第16話 她是，小孟？

走出餐廳後的我，心情是愉快的。我知道這樣草率結束一段感情，對另外一個人來說，不是好事情。只不過，原本就草率開始的愛情，才是我當初犯下的最大錯誤。

如今，有一個大好機會，讓我可以和黃克群學長見面，相信這樣大的誘惑足以促使我去做任何事情。

事實上，在我描述了從國中開始的每一段錯過的感情之後，我也在心中複習了那幾段陰錯陽差而得來的感情。

國中的排球隊隊長薛文，一個和黃克群有著相同氣味的男生。我曾經以為，隊長和副隊長差異不大，我曾經以為，舉球員和攻擊手反正都是排球隊員，我曾經以為，我和薛文在一起，或是和黃克群在一起，應該不會有差別。然而，那次初吻讓我徹底了解到，愛上一個人和交往的差異。黃克群就是黃克群，少了一根他的頭髮，我也無法喜歡。

接著和劉問明也是類似的情況。那麼大的生理需求，那麼強烈的佔有慾，讓我了解到我要的是什麼樣的男人，甚至也間接幫助我擺脫運動系的生活，邁向流行系的世界。

最後結束的這一段和大衛的感情，其實我是有點不捨的。不捨的原因不是因為我愛大衛，而是因為大衛真的是個不錯的男人。我曾經想像過，如果今天我已經年過四十，可能就會扒著大衛不放，因為他真的是理想的丈夫，只是我現在並不想結婚。

然而分手最大的原因，在於最近發生這幾件事情之後，我終於知道自己的問題在哪裡。我需要改變過去的我，重新去追求屬於自己的個性，不應該對真愛感到畏懼，也不該對美好的事物望之怯步。

為了破除這一切，我必須先從男朋友下手，我需要斷了這種退而求其次的妥協，去追求真正屬於我的最愛。

目前，第一步已經踏出。我離開餐廳，走在大馬路上，期待著下禮拜一的到來，期待著和那個什麼數位什麼鬼集團的人開會，期待與黃克群學長見面。

走著走著，某個百貨公司的櫥窗吸引了我，那是為了迎接聖誕節而佈置的櫥窗，櫥窗裡放了一條非常漂亮的圍巾。

我走進店內，在貨架上找著，希望可以找到櫥窗上陳列的那條圍巾。就在我逛完兩個區域，看到我要的東西就在眼前的時候，我打算拿起的圍巾，另外一邊卻像是有人也拉著。我第一個反應就是，有人要和我搶這條圍巾了。

我的眼睛射向圍巾的另一端，沒想到那個熟悉的臉孔，活生生地出現在我眼前。

「小姐，好像是我先拿到的唷。」依舊留著一頭短髮的小孟，俏皮地拉著圍巾，兩顆圓滾滾的大眼睛帶著笑意看著我。

「小孟！」我幾乎尖叫出聲，因為上大學之後，我們兩人就沒再見過面了。

小孟張開雙臂給了我一個大大的擁抱。一瞬間被小孟抱住，我感到從未有過的溫暖，而那溫暖之中似乎又帶點特別的情愫。

不知道是不是我想太多，抱了幾秒鐘之後，我微微推開小孟的手，讓兩人的交談距離正常一些。

「多久了呀？我們多久沒見面了呀？」我緊緊握著小孟的手。

「上大學之後就沒見到面了。算一下，大概有七年了吧。」

「真的耶……」我看著眼前的小孟，不知怎地忽然有點詞窮，可能是小孟現在的造型太過帥氣，亮眼到讓我有點不能接受。

小孟的頭髮和小時候一樣是短髮，只不過後面推得很高，前面的瀏海留得很長，看起來就像是帥氣的傑尼斯偶像。如果我是第一次見到小孟的話，我肯定會懷疑她是個女同志。

「怎麼了？一直盯著我看，不認得我？」小孟被我看得有點不好意思。

「不是……就覺得妳現在怎麼這麼帥氣……」我知道我對那方面沒有興趣，只不過看到小孟這樣，我反而有點擔心，如果小孟真的是T，那麼從小到大一直和我這麼好的她，豈不是對我……

「怕會喜歡我？」偏偏小孟又喜歡講這種話。我一聽，臉不自覺地紅了起來。

「開玩笑的啦。走啦，我們去找個地方聊聊天……」小孟隨即牽起我的手，我放下手上的圍巾，和小孟一路走出商店。

夜晚的東區有許多選擇，我和小孟兩人從小都在家鄉長大，很難得在這樣的年紀，可以在台北見面，自然是有很多話可以說。

我們在敦化北路後面找了家巧克力專賣店，坐了下來。

「妳現在到底是做什麼呀？為什麼打扮得這麼新潮，還有妳大學到底是跑去哪裡讀了？怎麼一點消息都沒有……」我拿著攪拌棒，不停在冰巧克力裡攪著。

「我在做網路工程師呀，專門寫程式。任何一種需求，我都可以寫成一種程式，然後讓人們使用。」小孟說得輕描淡寫，但我知道這個工作要做好，可不是件簡單的事情，我瞄了一下她放在餐桌旁的電腦包，不停點著頭。

「真好，這工作聽起來很高階耶。不像我，做那苦命的時尚編輯。」我嘟著嘴巴，繼續攪拌冰巧克力。

「那很好呀。時尚編輯，和妳小時候完全不同呀，妳真的是脫胎換骨了。對了，妳現在有男朋友嗎？」小孟話鋒一轉，頓時讓我緊張了起來。

「現在？沒有，剛分手了，幹嘛？」現在這麼帥氣的小孟一開口就問我有沒有男朋友，害我心頭起了不小的漣漪。

「要幹嘛？沒幹嘛呀，因為我在現在上班的地方，認識了一個好男人。」小孟講到最後幾字的時候，看起來有點得意。

「誰？小孟！妳交男朋友了？」我尖叫了起來。

「我交了女朋友還差不多。」小孟說。

小孟這話似乎在對我宣告她的真實性向，害我心頭一震。

「那、那不然是怎樣？」我結巴了。

「好男人當然是要介紹給妳的呀，不然咧？」小孟接著我的話說。

「哈哈，原來是這樣。不需要，不需要……」我算是鬆了一口氣，只不過看著小孟那一副替我打聽到好消息的得意神情，讓我心中湧出一股小小的罪惡感，我還以為小孟是用著同性戀的感情對我，沒想到小孟自始至終都在替我著想，就怕我身邊沒有好男人。

「看妳這樣子，像是有什麼好事情，對吧？」小孟笑著。

「妳猜我上禮拜遇見誰了？」我把頭往前探，低聲說著，深怕被別桌的人聽見一般。

「誰？」小孟也配合我將身子往前傾。我們兩人交頭接耳著。

「黃，克，群。」我一個字一個字說著。

「不會吧，妳又碰到他了？」小孟大叫。我趕緊把手指放在嘴唇邊，要她把音量放小。小孟掩住嘴，看了看四周。

「這一次有機會在一起了？」

「我希望呀……能夠在這個時候碰到妳，我想應該是再續前緣的時機到了……」我一個人看著窗外，自己幻想了起來。

照這樣子看起來，我的詛咒應該是解除了，接下來只要禮拜一下午的會議順利進行，那一天就會成為我和黃克群學長這輩子最重要的一天……

我期待著……

第17話 誰是蔡小玉？

禮拜一早上通常是難熬的，因為要開編輯會議，要面對總編輯雪兒姐的詢問，以及比較各個編輯提出的優劣企劃案，一不小心就會變成眾矢之的，被批得體無完膚。

但這個禮拜一對我而言是特別的。我壓根不在乎早上的會議會有什麼樣的進展，因為我已經把全副心力都放在下午的數位內容會議上。我準備了好大一份資料，想要爭取到這個合作企劃案。

爭取到我下半輩子幸福的企劃案。

我認為，這就是我和大衛分手之後，邁出大轉變的第一步。如果說，禮拜一下午的數位內容會議是真愛的話，那麼早上的雜誌編輯會議就等於排在第二順位，也就是說，我終於破除了我這一生一直以來的宿命，朝向真愛邁進，而非屈就於第二順位。

這天早上，我很早就到了。通常編輯們進辦公室的時間大約是十點左右，不過我九點不到就已經踏進辦公室，拿著熱騰騰的星巴克，準備迎接光明的一天。

我開著電腦螢幕，不停地再加工整理，只希望下午的會議我可以一鳴驚人，讓雙方人馬都認同我的實力。

檔案開了又修，修了又關，關了再開，開了又改……就這麼來來回回、來來回回，沒發現已經悄悄過了十點。

編輯會議的時間是十點半，我看了看身邊的同事，很多人坐在辦公桌後，其中很多人很快離開座位，趕緊跑至會議室集合，甚至有些人以奇怪的眼光看著我。我眼睜睜看著身邊的人來來去去，最終，整間辦公室只剩下我一個人。

時間是早上十點四十五分。

沒有人來通知我該去開會，但所有的人，卻都不在辦公室內，這叫我還真是納悶了起來。

正當我起身，準備去會議室瞧瞧的時候，主編瓊恩走了過來。

「Tanya，妳怎麼還在這邊呀？」瓊恩看著我，露出不可思議的表情。

「喔喔好，我馬上到會議室去，不好意思。」我急忙收拾檔案和資料準備到會議室時，瓊恩說的話越來越讓我搞不懂。

「妳沒有收 mail？」

「沒有耶，有什麼重要消息嗎？」

「坐下來收一下信吧。」就在瓊恩說話的同時，我看見遠處會議室裡探出幾個人頭，那是小花他們正在偷偷觀察我和瓊恩的對話。

我依瓊恩說的話坐下來，打開信箱。一個週末下來，未讀信件還不少。我看著新郵件不停湧出，一時之間倒也看不出來，瓊恩希望我看哪一封郵件。

幾秒鐘之後，一封由公司管理部門發出的公告信，吸引了我的目光。我不太敢相信自己看到的字眼。

「資遣通知？」

我顫抖著用食指點擊滑鼠，清晰地看到整封信件的內容。

「本公司因數位媒體興起，廣告量大量下滑，因此人事成本花費比例過高，從今日起將資遣以下員工，希望大家擁有更美好的明天。

資遣名單：Tanya，林心恬。

……」

我往下滾動滑鼠，確認了一件事情：這不是份名單。因為只有一個名字，我的名字。

我看著瓊恩，眼神有點渙散，像是在向她確認，這封信的真實性有多少。瓊恩看著我，抿著嘴巴點了點頭，我一時之間，不知道自己接下來該做什麼。

「那現在……我……？」我用無助的眼神請示著瓊恩，瓊恩撇過頭，示意我往會議室的方向行動。我無神地整理著這幾天準備的一大堆資料，站起身來，一個不注意，手上的資料掉落在地上，我趕緊彎腰低下頭收拾。

「不是去會議室唷，是從大門走出去，把自己的東西都帶走。」當我蹲在地上的時候，瓊恩的指令才真正打醒了我。

我被資遣了，而且是立刻走路。也就是說，我不用參加現在的編輯會議了，我也不用參加下午的數位內容會議了。

半跪在地上撿著資料的我，心中的那把火，終於湧了上來。

「只資遣我一個人，可以減低什麼人事成本，這根本只是想要讓我走路吧。」我站了起來，語氣一變，對著瓊恩說出我的感受。

「這是人事部的決定，我無權過問。」瓊恩雙手交叉在胸前，一副事不關己的姿態。

「我不是薪水領最多的人，也不是工作表現最差的人，憑什麼資遣我？」

「妳怎麼知道妳不是工作表現最差的人。」瓊恩的臉色一沉。的確，如果以這件事情來說，她是最有資格評斷的，畢竟她是我的主管。

「妳沒看到我為了今天的會議，做了多大的努力嗎？」我的聲音大了起來。

瓊恩看著滿地的資料，緩緩往前走了幾步，這讓我和她之間的距離縮短了不少。

「Tanya，只選擇自己想做的工作去執行，不是一個好編輯該做的事情，妳如果真的想知道為什麼是妳，我就讓妳知道。」瓊恩這時候從口袋中拿出了一張名片。

蔡小玉。星河唱片。

我不懂，看了這張名片之後，我不懂這和我被資遣有什麼關聯。

「妳連蔡小玉是誰都不知道對吧，那我真的很想知道，妳當初和歌神樹的聯絡窗口到底是哪位？妳和鬼聯絡喔？啊？妳以為這樣就沒有人知道嗎？這就是我說的，妳就是工作表現最差的人。」瓊恩一口氣說得我無法反駁，我沒有想到，她會自己找到樹的窗口。我真的失策了。

我咬著牙，無話可說，因為這件事情，的確是我「退而求其次」的結果，我以為我從今天要開始新生了，卻沒想到，我的第一步硬是踏不出去。

「還不走？」瓊恩大聲地又補了一句。

我硬是不讓含在眼眶中的淚水滑下，但心裡的懊悔與難過卻直衝腦門。

瓊恩不會了解她做這件事情對我有多大的影響，我失去的不只是一份工作而已，更重要的是，我失去了下午和黃克群學長見面的機會，以及我一直想要擺脫的詛咒。

「主編，可以再給我一次機會嗎？」我咬著牙，不希望就這麼輕易放棄我有可能改變的人生，只不過瓊恩的眼睛，再也不看我了。

「開完會回來如果妳還在，我會請警衛來。如果妳的東西還在，我會請人家拿去丟掉。」留下了這麼幾句話，瓊恩大步走向會議室，只剩下我一個人，悵然看著滿地的文件，無奈地站著。

第18話 盲目約會

收拾完辦公桌雜物的我，走出公司大門的時候已經接近十一點半，途中經過了會議室那透明玻璃的隔間，聽到了會議室裡傳出的陣陣笑聲，想到我一個小時之前還應該是屬於那個世界的人，心裡就起了一股悲哀。

雖然只做了兩年多，但是這份工作畢竟也帶給了我不小的成就感，我真的很不願意就這樣離開公司。

只不過，這一切，似乎都已經回天乏術了。

我一個人拿著打包好的瓦楞紙箱，吃力地走出辦公室。我知道，今天下午兩點半左右，黃克群學長就會從這個地方，進入我的「前」公司，和大家一起討論關於時尚內容數位化的問題。我站在門口，猶豫著。

或許我可以在這裡等到兩、三點，製造一次和學長見面的機會，只不過，我總是認為，這種不是順著緣分來的相遇，就算碰到了，也不夠強烈。更何況，以往只要我有類似的企圖，命運之神一定會讓這件事情成為時間差的慘劇。

星期一中午，我吃力地拿著瓦楞箱，站在人來人往的大馬路上，一時之間，竟然不知道自己該往哪個方向走……

星期一傍晚，我獨自窩在台北的小套房裡面，望著自己的電腦發呆，旁邊堆積的是一落落關於時尚內容如何數位化的資料。原本計畫好的一切，怎知轉瞬間就化成了泡沫。如果在之前，我也許還可以打個電話給大衛，和他紓發一下我的情緒，但我現在台北的生活，已經成了一場空，我甚至連朋友都找不到。

就在我感到一無所有的時候，所幸老天還留了個朋友給我——小孟。前幾天偶遇之後，我和她又開始了聯絡，留了彼此的手機號碼與 Line 帳號。

「如何？應該已經開完會了吧，黃克群還記得妳嗎？」

我慵懶地爬到電腦桌前，變換了一下輸入法。

「不知道。因為今天一早，我就被公司資遣了，現在是個無業遊民……」

「喔……」看起來小孟並沒有很驚訝，這反應讓我很驚訝。

「妳覺得很理所當然？」我問。

「也不是，但總覺得妳和黃克群之間，就是無緣，所以前兩天聽妳在說的時候，我心裡就在想說，可能又是空歡喜一場……」

其實我並沒有對小孟提過童年時候和外公的那段往事，只不過小孟和我在一起久了，我身邊的事情她幾乎都知道，自然也可以幫我歸納出一些結論。

「怎辦？我現在沒工作，也沒男人，慘斃了……」我打出了個哭臉，說實話，這情況應該是自從爸爸離家後，我這輩子最低潮的時候。

「這不算什麼啦，工作再找就好，要男人的話，只要妳不要執著在黃克群身上，也不是什麼太困難的事情呀。」

「……」小孟說得輕鬆，現在找工作可不容易，而且在台北找男人，尤其是出了社會找男人，我更是覺得有如盲人摸象一般，難度指數頗高。

「我那天和妳說的好男人，現在不就剛好派上用場了。」我沒忘記小孟當天說的事情，只不過當時我的腦子裡都是黃克群學長的影子，根本聽不進去。

「我不知道我現在能不能這麼快接受別人。」我猶豫著打了字。

「心恬，相信我，忘掉那些過去的經驗。妳現在需要的，是一個全新的生活，不要再被以前的感情綁住，去重新認識一個新的人，重新體會愛情，這樣對妳的人生，才有幫助吧。」小孟那戀愛導師的嘴臉很快又出現。只不過，小孟飛快打著這些字的時候，我的腦海中，竟然浮現了老家媽媽的臉。

自從老爸離開我們，老媽對那些客人說「老闆今天生病」之後，老媽就這樣一個人每天努力工作賺錢。現在回想起來，當時老媽其實年紀還不算大，如果要認真談感情的話，還是有機會碰到第二春，只不過死心眼的她，就這樣一個人一路撫養我到大。

不自覺地，我把自己和老媽的影像重疊了。這時的我，並沒有很深刻地去探討，自己心中對於愛情的追求，是否受到了爸媽的影響。

也許再過幾年，我會更清楚……

腦中的思緒沒有停止，小孟在彼端也不停打字。

「怎麼樣？心恬，如果妳 OK 的話，我就幫你們兩個人約一下，就像以前我幫妳去和學長傳信一樣，如何？」

我看著電腦螢幕上跳動的游標，不知道該輸入什麼樣的字眼，來表達我現在的情緒。的確，一個人在台北生活，追求的不外乎是好的工作，以及好的感情。想當年畢業後，剛來到台北時，就像是脫了韁的野馬，不管是什麼夜店、什麼消遣，我都想要去嘗試，只可惜當年的男朋友太過保守，這個也不行，那個也不准，以至於我到現在都還沒有享受到在大城市工作的感覺。如果真的交了一個很都會的男人，我往後幾年的生活，應該就會大相逕庭了。

猶豫幾秒之後，我的手指，總算有了反應。

「也不是不行……」我打出了這麼幾個字。

「真的嗎？真的嗎？」

「嗯……」

「太好了，心恬，妳要相信我介紹的人。因為這可是我精挑細選之後才幫妳找到的人唷。」小孟在那頭興奮地說著，只不過，聽著她的用詞，也未免讓人覺得過於誇張。

「精挑細選……妳是認識多少個男人呀？」

「這妳不用管，只是一個形容詞。總之，妳就相信吧，從小到大，有哪一次我讓妳失望過了？」小孟說得激動，我可是聽得不以為然，因為回想起來，凡是和小孟扯上關係的事件，似乎就是註定失敗。

包括國中和克群學長情書告白，以及高中的 Volleyball15 慘劇。

勉強要說的話，在要見到學長的前幾天碰到小孟，我都應該要有預感，和學長見面可能不會太順利。

「沒有失望，但也沒有一次有好結果……」我冷冷回覆。

「放心放心，總之這一次，包在我身上！」這一次小孟說話的態度確實比以前還更有把握，我甚至不知道她的自信是從哪裡湧出來的，因為就算小孟了解我，會介紹一個我可能喜歡的男人，但對方對我的感覺如何，小孟也無從掌握吧。

「這個週末，就約這個週末。我和妳說時間地點，妳抄一下，順便告訴我妳當天的打扮。」

「意思是妳不去嗎？」我有點驚訝地說。

「我去做啥？你們兩人見面就可以了呀。」小孟說得輕鬆，但要我和從未見過面的男人吃飯聊天，這感覺不就像人家說的「盲目約會」？

我當時不知道小孟這樣做的企圖為何，雖然多年以後，我總算了解……

第19話 愛情牛排館

有時候我很慶幸爸媽生給我的個性還算是樂觀。因此在那個消沉的星期一過後，我很快就恢復了精神，開始投履歷的生活。單身在台北租屋的我，可沒有什麼太多的存款，讓我可以支付接下來的房租等費用，沒時間緬懷過去，趕緊找到工作才是最重要的事情。

運氣還不錯，我禮拜一晚上投履歷，隔天就有禮拜四與禮拜五兩個工作機會的面試，雖然說工作的性質和原本的時尚編輯有所出入，但是到了這個節骨眼，我也只能先求有工作，再求好工作了。

只不過，禮拜四聽完行政專員一職的工作內容後，我實在興趣缺缺，除了要在那家族企業的兩人公司裡面上班之外，平常還得幫老闆娘照顧寶寶、換尿布，然後注意公司垃圾桶倒了沒、飲水機的水喝完沒……

這和我上一份工作未免落差太大……

禮拜五面試的出版社編輯一職，雖然聽起來比較正常，不過辦公室空間小得誇張，五坪不大的房間裡，除了老闆以外，並沒有其他空出來的辦公座位，而且到處堆滿書籍，這比起我剛離開的公司、美輪美奐的辦公室，實在是天壤之別。雖然我還沒得到錄取通知，但我心裡已經主動將這兩家公司的電話設為「黑名單」，也就是說，就算得到工作，我也寧願放棄。

就這樣，時間來到禮拜六。

雖然答應了小孟，但是時間一到，我又不免後悔了起來。和一個素昧平生的人見面，尤其前兩天才剛有過類似的經驗（面試），導致我實在有點提不起勁。

「深色牛仔褲，黑色長靴，灰色毛衣再加上白色圍巾。」這是我告訴小孟我禮拜六會做的打扮。

「對方會戴一頂灰色鴨舌帽，穿黑色短大衣。」小孟這樣說，差點連名字都忘了告訴我。

吾川，他叫做吾川。奇特的名字，我心想。

小孟幫我們約的地點，是在台北市西區一條巷子裡的西餐廳，聽說牛排不錯，最好點個丁骨牛排七分熟，小孟如是說。

總之，時間到了，我硬著頭皮去了。

這家老舊的牛排館位於隱密的巷弄中，如果不是真正的老饕，大概找不到這個地方。牛排館的外觀看起來像舊影集裡的外交使館，感覺很有文化，不過名字卻起得挺新鮮。

「愛情牛排館」。

我真不知道是因為這家店裡充滿了戀愛的氣氛，還是因為這家店裡面的牛都是談過戀愛之後才被宰的，總之，我覺得這個店名很有意思。

我推開門，門上的大鈴鐺發出了很大的聲響。因此當我一走進店內，所有人都回頭來看。我相信如果吾川已經抵達，應該會看到我走進店內。

「小姐妳好，一位嗎？」服務生很快趨前詢問。

「我找人。」我預期的情況並沒有發生，我以為我一進到店內，那個叫吾川的男人就會出現在門邊，迅速帶領我到座位上。

牛排館裡座位不多，因此我繞了一圈之後，很快就看完所有餐桌旁坐的是什麼樣的人，除了一桌座位上坐著一個男人之外，其他桌都是兩或三人以上在用餐，但那個男人並沒有戴著灰色鴨舌帽。

這讓我納悶了起來。而服務生看出了我的困惑，再度趨前詢問。

「請問訂位的名稱是？」

「小孟，呃，或是吾川……」我不太記得小孟怎麼告訴我的，或者是不是什麼都沒有告訴我……

「喔，小姐，這邊請……」沒想到服務生已經掌握了資訊，領我到了剛才那個只有一個男人坐著的座位邊。

「吾川先生在這邊。」服務生用手比向剛才那位男人。我才注意到，原來這個男人的桌上擺了頂帽子，正是灰色的鴨舌帽，想來是進了室內後脫帽。只不過，我不太理解的是，我剛才繞了一圈，難道他沒有看出來我就是他在等的人嗎？

這個被稱為吾川先生的男人聽到服務生的聲音之後，微微抬頭看了看我。

「Tanya小姐？請坐。」男人絲毫沒有想要起立的意思，只是幽幽地要我坐下。

我只能說，這個第一次的接觸，並沒有給我很好的感受。

我拉開桌椅，坐了下來。坐在這位吾川先生的對面，我才看清楚了他的長相。

一個平凡至極的男人。

要我形容他的長相的話，我會這麼說：眼睛不大，眉毛不濃，鼻子不挺，嘴唇微厚，耳朵與臉的比例算大，頭髮不長不短，也許戴上帽子以後，會成為一個我比較容易在街上認得出來的人。

「妳好，我是吾川。」吾川說話的同時，桌上的景象讓我很是驚訝。因為吾川的面前不但有吃完的麵包盤，還有一盤吃剩下一半的牛排，冒著熱煙。也就是說，這個人並沒有等我，自己已經吃起了晚餐。

我從沒遇過這麼沒有禮貌的人，我也不過才遲到十五分鐘而已，雖然我本來就不打算在陌生人面前吃飯，因為那會讓我很不自在。

也許是因為我的沉默，使得吾川切牛排的手停了下來，不再注視盤中的牛排，而是正眼看著我。

「不好意思，我先吃了。因為我相信妳會礙於第一次見面，不好意思用餐，因此我想與其等妳來點一杯飲料，我還不如先照顧一下我空虛的胃。」吾川說得自然，我聽得驚訝。

「你憑什麼判斷，我會不吃東西呢？」我說。

「很簡單，因為妳是我從我輸入的資料裡面去找出來配對的女性，如果不是我輸入的資料有問題，就是那個電腦程式出了問題。妳可以離開，我從此不再相信那個網站，或是妳可以微笑接受，然後我們可以開始今天的約會。」

電腦程式？

小孟當天介紹她工作時所描述的話語，倏地跳入我的腦海中。

「我在做網路工程師呀，專門寫程式，任何一種需求，我都可以寫成一種程式，然後讓人們使用。」

原來如此……難怪小孟說什麼精挑細選了，原來是拿我當實驗品，想必是什麼交友網站的程式，輸入資料進行配對的玩意兒……

看著眼前這個其貌不揚的傢伙，我開始懷疑究竟小孟寫的程式究竟是使用什麼樣的邏輯，而小孟輸入的關於我的資料，又是什麼樣的內容，才會導致我和這個男人見面呢？

不過不管怎麼樣，這個晚上就是我和吾川第一次見面。萬萬沒想到，這個男人日後會在我生命中佔有相當地位……

第20話 神祕的吾川先生

吾川說完話之後，繼續機械式地動手切割那看起來相當美味的牛排。我靜靜看著眼前這個陌生男子，一瞬間竟然不知道該如何是好。因為他說的對，我的確不想點東西吃，只不過這樣被說中又覺得很沒有自尊，畢竟如果很輕易就被別人摸透心思，好像是在承認自己很膚淺。

「其實不會的，我並不會因為妳留下來，而且也不點餐，就會覺得妳很容易猜透，因為這些都是簡單的推理。人的深度，是需要時間去探索的。」吾川先生一口將牛排放進了嘴裡，同時說出令我心頭一震的話。

這男人有讀心術？

不，正如他所言，這只是普通的推理罷了。但我從沒遇過這種人，在家鄉、學校、前公司，我都沒有遇過這麼神奇的人。

我心想：不管今天是配對還是如何，我總要有某些地方，讓人家覺得特別，否則，我豈不就只是一個讓人家一眼就看穿的女人？

「服務生！給我一客丁骨牛排，七分熟。」其實在來的路上，我已經先吃過麵包，因為我知道自己不會在這頓晚餐席間吃什麼東西，不過為了不讓眼前這位男人摸透我，我決定反向操作。

吾川聽完我的話之後，立刻哈哈大笑起來。

「哈哈哈，準……太準了……這個所謂的配對電腦程式，真的是有意思，妳果然是那種喜歡逞強的女生，就如我輸入的資料一樣……哈哈……」吾川一面笑，還不忘拍打桌面。這樣的舉動已經惹得我十分想要離開現場。

「對不起。」吾川好像真的了解我的心態，立刻收起笑容，非常認真地看著我。

「我沒別的意思，我只是認為，那個電腦程式真的寫得很好，不知道是哪間公司做的，我很想了解一下他們是用什麼邏輯寫出了這樣的程式。」

「我認識，我可以介紹你們認識。」我冷冷說道。

「妳好，我正式自我介紹一下，我叫吾川，方吾川。」這時他總算伸出手，充滿禮貌地想要問候我。我有點無奈地伸出手，和他握了握。沒想到，吾川的手細緻得嚇人，感覺上像是天天做保養累積的成果。

「你看來是富家子吧。」我急忙收回手，說道。

「換妳想來推測我了嗎？或者說，換妳要印證妳輸入的資料對不對嗎？」

「我沒有輸入什麼資料。」我沒好氣地說。

「是嗎？妳不是登入那個網站之後，才得出這個配對結果嗎？」總算，我的話裡有了讓吾川摸不著頭緒的地方。

「沒有，我沒看過那網站，我只認識那個程式設計師。」我說。

「原來如此，這樣更精準，看來是那個工程師要妳直接和我見面的了。」吾川說話的同時，服務生開始端來丁骨牛排的前菜，我的表情微微僵硬了起來。

「吃不下吧？」吾川看著我的表情問。

我點點頭，並不想和自己的胃過不去。這時吾川將服務生叫到身邊，低聲說了幾句話之後，我的桌上就只剩下一杯柳橙汁。

「你常來？」感覺上，服務生相當聽從吾川的指令。

「每天晚上吧。」

「每天晚上？又不是老闆？」我話沒說完，就看到吾川點了點頭。我才驚覺，自己說了什麼笨話。

「你是老闆?所以，你是做餐飲業的？」

「不是，這只是投資的其中一項，還做了不少其他的事情。」這時候吾川對服務生比了個手勢，周邊燈光便暗了下來，只靠著桌上的燭火照亮我和吾川先生的臉，氣氛頓時浪漫了不少。

「妳喜歡什麼音樂？」吾川說。

「這……有點難以啟齒，我都聽流行音樂……」我這時忽然有點後悔，自己平時不聽些古典音樂。

「流行音樂也很好呀，像是誰的歌呢？」

「真的要認真說的話，大概就是 T&D 的歌。有一陣子我也非常喜歡歌神的歌。」

「歌神指的是樹？」

「不是，是出道不到一年的高伸介。」我話剛說完，吾川比了個手勢，服務生立刻開始動作，原本在餐廳裡放的英文歌曲，瞬間就變成我熟悉的前奏。那是當年 T&D 寫給高伸介唱的歌曲，也是我的最愛。

我沒有將話說出口，但看到吾川看著我的眼神，我知道他知道我愛這首歌曲。他面帶微笑看著我，似乎在欣賞我欣賞這首歌的表情。

在這樣的環境裡，點著燭光，搭配我的愛歌，這禮拜的不順利，忽然全部被我拋到腦後，也因為看得不是很清楚吾川的五官，這次邂逅似乎變得美麗了起來。自從我來到台北後，我沒有過這樣的感覺。

隨著音樂結束，先前對吾川的壞印象一掃而空，取而代之的竟然是種浪漫情愫，忽然很期待了解眼前這個男人的背景，以及他的過去。

「如果妳不想吃東西了，我們出去走走如何？」

我輕輕應允了一聲。吾川戴起他的灰色鴨舌帽，那瞬間，我忽然從他身上看到了大學時期那個暗戀對象，阿男的氣質，一種應該不會出現在餐廳老闆身上的氣質。

「妳想去哪裡？」吾川問。站起來的他，雖然不高，但也有一百七十五公分左右。

「沒有特別想去的地方，都可以。」我原本以為吾川說的去走一走，是在附近散散步之類的，沒想到吾川帶著我走進某棟大樓的地下停車場，接著有一名泊車小弟駕駛一輛名貴的跑車，開到了我們面前。

「吾川先生，您的車來了。」吾川接過鑰匙，順手給小弟一張千元大鈔，接著上了車，我在一旁有點不敢置信。

我看過那輛跑車的定價，起碼要三百萬台幣。隨著吾川在我面前展現的事物，我對這個人，感到越來越不了解……

「海邊？還是山上？」吾川發動引擎。我聽著那低沉的咆哮聲，對於發生在自己身上的事情，感到十分不真實。

「山上。」從小在海邊長大的我，自然是對看海感覺一點也不新鮮，而當車子一啟動，往前加速的時候，我的心也跟著時速表一路飆上去。

我心想，這真是個奇異的夜晚，一個奇特的邂逅。或許，這就是我人生下半段序幕要展開的前戲呢。

第21話 城堡出版社

禮拜天中午，當我在家裡睜開眼睛的時候，我還不敢相信昨天晚上發生了什麼事。

吾川載我到陽明山之後，除了欣賞台北的夜景以外，我不敢相信的是，就在看夜景的地方附近，吾川擁有一棟別墅。在他看來，一切都是那麼的「順便」，為了方便看夜景，因此在那地方買了間房子，也因此帶我過去坐了坐。

那「順便」擁有的房子，少說也有兩百坪以上，還沒包括外面的游泳池，以及前門的花園。我沒有概念，在這樣的地方買房子，到底需要準備多少頭期款，或者貸款需要花幾百年才繳得完，又或許，這完全不是我這種金錢觀可以理解的世界了。

不過整個晚上，最讓我自己震驚的事情是，在喝了兩杯紅酒之後，我和吾川上床了。和前男友大衛從開始到上床，總共經過將近一年的時間，和吾川從認識到上床，竟然只經過不到半天的時間。

我想，這才是我對自己最訝異的事情。怎麼這件事情對我來說，已經變成這麼簡單的選擇……

「我希望妳不要認為我是和每個女人都這樣做的男人……」吾川的話一點可信度都沒有，只不過在做完愛之後，我卻相當願意相信他說的。

「我成天都在工作，根本沒機會認識別的女人，這次是我第一次透過網路認識人，因此才會約在我開的餐廳。」合情合理，我一廂情願地想著。

然而，當我躺在自己的套房裡睜開眼睛後，我才發覺這一切根本太瞎了。因為在那之後，吾川開車送我回家，我們竟然沒有留下彼此的電話號碼。

這算什麼？一夜情？我一想到這事情，心頭就嘔了起來，難道就這樣一個晚上，我就再也見不到這個男人了嗎？我急著想要找到小孟，畢竟如果說吾川曾經在網站上登錄過的話，一定會留下基本資料或聯絡方式，但小孟並沒有回我，打給小孟的手機也沒有回應，我又氣又急，卻也只能在家裡望著電腦螢幕發呆。

忽然，我的手機響了。我急忙接起，希望那是小孟打來的電話。

「妳好，請問是Tanya小姐嗎？我們這邊是城堡出版社，我們在網路上收到了妳的履歷，希望可以和妳約個時間面試……」手機那頭傳來了甜美女聲。

「好的，好的。」在與對方約定星期一下午面試之後，我有如洩了氣的氣球一般倒在床上。

昨天晚上，我感覺自己像是走進了另外一個世界，不再是窮酸的學生生活，不再是汗臭的運動系學長，我不但覺得自己彷彿一夜之間長大成人，更覺得這樣的世界更實際，更有未來……只不過，比起了將玻璃鞋遺留在王子身邊的灰姑娘，可能更糟糕的是，我沒有留下任何的資料給他，又或許小孟有將我的聯絡方式，輸入在網站的資料庫中，方便吾川先生可以找到我。

越想，越煩……難道，我還是只能在不停找工作的現實中生活嗎？

禮拜一下午，我依約來到城堡出版社。這間公司雖然名氣不大，但我走進辦公室後，才察覺到這公司的氣派。

玄關處除了有很大的公司招牌之外，還陳列了城堡出版社的出版品，包括雜誌、小說、插畫等各式各樣的內容，我仔細瀏覽了一下，才發現我之前看過的許多暢銷書籍，都是這家出版社的產品。

「Tanya 小姐，這邊請。」人事部的小姐領著我走進會議室。在我詳細填寫人事資料之後，人事部門的主管走了進來，坐在我面前。

「Tanya 小姐，在看過妳的履歷後，感覺妳非常適合在我們公司上班，因此公司希望妳可以今天就位。」人事部主管是一位將近四十歲的女性，講話口條十分清晰，但我卻不禁懷疑自己聽到的內容。

「妳是說……今天就上班？」我是聽過有些公司很急，但我倒真的沒有遇見過這樣的事情。

「是的。」人事部主管的話還沒說完，另一名年輕女子忽然走進會議室，在她耳邊輕聲說了幾句話。

「如果 Tanya 小姐願意的話，我們公司的總經理，想要再與妳面談一次，請往這邊走。」事情的發展讓我有點摸不著頭緒，一下子就叫我來上班，一下子又要我去見老闆，不過我也只能順從人家的指示，一步一步往前走去。

人事部主管領著我走過一條條長廊之後，在某個素雅的房間門口停了下來。

「Tanya 小姐，這裡就是我們總經理的辦公室，請妳在敲門之後直接進去。」人事部主管比了個請進的手勢，接著就離開了，留下我一個人在門口。

我不明就裡地敲了敲門，門內傳出一個男聲。

「請進。」我依著指示推開門，第一眼看到的，竟是一頂擺在辦公桌上的灰色鴨舌帽，有點眼熟。

我將視線再往右移，這才發現辦公桌前站著一個男人，而這個男人，對我來說是既陌生，又不算陌生的……

吾川先生。

「怎麼是你……」我驚訝地叫著，不敢相信會有這樣的相遇方式。這種只在小說或電影裡才會出現的情節，竟然在我身上發生了。

「為什麼不是我。」吾川先生往前走了一步，這讓我和他的距離縮短不少。

「妳告訴我妳在找工作，而且是和出版相關的工作。既然我的公司正在找人，我相信我一定會在裡面看到妳的履歷。」吾川邊說，邊往前走。

「那一天晚上，我太開心，很開心電腦程式可以這麼精準找到我想要的人，很開心可以和妳共度一個美好的晚上，竟然忘記了要留妳的手機號碼，但妳沒有忘記留了妳的玻璃鞋給我，而我，也順利找到了妳。」吾川說完這段話之後，整個人就站在我的面前，距離不到二十公分。

「所以……這也是你的公司……」我的嘴唇乾了起來。

「是。」吾川的臉，逐漸貼近我的鼻尖。

「愛情牛排館也是……」我話還沒說完，吾川的嘴唇已經迎了上來，緊緊貼在我的嘴唇上，我不自覺地張開嘴唇，讓自己的舌頭隨著他的舌頭引導蠕動。

從沒想到的展開，竟然就這樣在我面試時發生了。我想，這應該是我有史以來，最特別的一次面試經驗吧。

第22話 他是 Alex

「如何？那天晚上的約會如何？」小孟回我的訊息已經是兩個禮拜之後了。

「妳現在才問，生米都煮成熟飯了啦……」我沒好氣地打著字。

「什麼意思？妳還有和那個男人聯絡嗎？」看來小孟完全不知道狀況。

「豈止聯絡，我都快被他吃掉了……」我對於小孟在狀況外感到無奈。事實上在和小孟對談的同時，我已經在城堡出版社上班了將近兩個禮拜，雖然我的座位不在總經理附近，但大約每天下班，吾川都會等我，然後帶我到台北市極為高級的餐廳吃飯，或是到比較奇特的汽車旅館做愛。

我過著有如公主般的生活，而小孟竟然到現在才找我。

「看來我的程式寫得不錯唷……」小孟哪壺不開提哪壺，竟然說到這件事。

「我都快被妳氣死了，要不是這次讓妳誤打誤撞，介紹了一個不錯的男人給我，我就真的跟妳翻臉了。」小孟傳了個吐舌頭的鬼臉給我，回應我的氣話。

說真的，吾川真的對我不錯。

這兩個禮拜下來，我對他不但更加了解，也更加喜歡。除了愛情牛排館之外，城堡出版社和亞當網站都是他集團下的品牌，三個事業體加起來的每月營業額超過了台幣一億，以中小企業來說，算是很厲害的成績，也累積了吾川先生的財富。

吾川先生交友廣闊，不管到什麼地方，都可以看到他的朋友。當然，我會留心小地方。那就是，他的朋友裡面，男性居多，就算有女性朋友，我也觀察得出，那些都不是什麼他的前女友之類的，因此我越來越可以相信，吾川對我說的話是真心的。

除了有一點我還不太放心，那就是他的家人。

我從來沒見過吾川的家人，那也是因為吾川的房子太多，我們常常到不同的地方住宿過夜，因此分不清楚哪一間才是他家人住的地方。

在城堡出版社裡，他也給了我很大的發揮空間，不但讓我決定出版品的方向，就連出版品上市的宣傳企劃，都讓我一手包辦。

就這樣於公於私，我都非常開心地過了兩個月左右。

這一天晚上，吾川帶著我準備出席一場慈善晚會。在那之前，吾川先買了一件晚禮服送給我，只希望我可以和他一起出席。

晚會舉辦在台北市內有名的飯店頂樓，有許多名人出席。我第一次參加這樣的場合，心裡不免有點緊張，然而接下來發生的事情，才是讓我更緊張的部份。

就在吾川先生忙著和一旁的名流朋友交談的時候，迎面而來，我竟然看到前老闆雪兒姐帶著前主管瓊恩出現在宴會上。

「妳怎麼會在這裡？」瓊恩看著我，一臉錯愕。

「我和朋友一起來的。」我則是輕鬆以對。

「朋友？」

這時候吾川先生結束了與朋友的交談，走到我身邊。

「雪兒？好久不見呀。」吾川一見到雪兒姐，便熱情地和雪兒姐握手，一旁的瓊恩臉色難看。

「啊對了，Tanya 以前在雪兒妳這邊待過，真的要感謝妳培育出這麼好的人才來呀。」吾川天生會說話，這幾句講得雪兒姐無言，瓊恩更是半句話都說不出來。

就在兩個人不知道該用什麼話應對的時候，雪兒姐像是看到救星一般，抓了個男人拉到吾川面前。

「吾川先生，我和你介紹一下，這位就是現在與我們公司密切合作的數位無限集團的業務經理 Alex 黃。」眼前的男人身形高挑，我一時間只能看到他胸前的黑色條紋領帶，我就算是穿著高跟鞋，也得要微微抬頭，才可以看清楚他的臉。

「對呀，Alex 相當優秀呀，只可惜最近剛和女朋友分手了。吾川先生人面廣，幫年輕人介紹一下吧……」瓊恩也跟著搭腔。我從瓊恩的語氣裡聽出來，瓊恩對眼前這位 Alex 有一定程度的好感。

只不過當我抬頭，足以看到這位 Alex 黃的容顏時，我的心頭像是被人狠狠揪了一把。

原來，Alex 黃就是黃克群學長。自從國中他拿著薛文學長的信來找我之後，我從來沒有這麼近地見過他，我甚至不敢確定，他是否還認得出我。

但我可是認得非常清楚。

黃克群學長的五官沒有什麼改變，反而成年後更增添了不少男人味，比起國中時期的五分頭，現在學長出社會之後，六四分的西裝頭帥氣十足，一下子叫我看傻了眼。

「你好，我是吾川，這位是 Tanya。」吾川先生禮貌性地伸出手，克群學長也十分友善地和他握著手。只不過，握完吾川先生的手之後，克群學長轉過身來面向我，伸出了手。

就像當年要把薛文學長的信拿給我一樣。我整個人站在現場，完全說不出話，我試圖要讓自己的手伸出去，卻在這個時候體會到自主神經失調的症狀，一動也不動，僵硬的時間長到雪兒姐、瓊恩及吾川先生都露出奇異的表情。

克群學長也覺得怪了起來，雖然他這時注視著我，但我相信，在我精心畫了深邃的眼妝之後，要讓這麼多年沒見到我的人認出我來，是有難度的。

只不過，我依然動彈不得。

還好這時大會的廣播聲響起。

「各位特別來賓，以及時尚佳人們，為了這次的晚會，我們特地請來新晉歌神樹為我們現場獻唱。希望大家以最熱烈的掌聲，歡迎歌神樹帶來的歌曲……」隨著大會廣播響起，眾人的目光和注意力都集中在台上。多虧了這場表演，才適時化解了我的尷尬。

當新歌神樹一出場，再加上現場音樂和鼓譟聲，更是讓雪兒姐和瓊恩等人開始移動，克群學長也在和吾川先生點了點頭之後，往舞台方向走去。

剩下我一個人五味雜陳地站在原地。雖然吾川先生隨後緊握住了我的手，但我相信，再怎麼會推理的吾川先生，也無法知道我現在心中有多麼複雜。

一來是新歌神樹就是我離職的原因，在這樣的場合先後遇到雪兒姐和瓊恩，又看到樹，感覺就像是在提醒我失敗的過去，然而真正讓我無力的，還是黃克群學長的現身。

而瓊恩在一旁補上的那句話，簡直就是在幫命運之神澆我冷水，就在我錯過了和克群學長相處的機會之後，我認識了吾川先生，甚至發展出類似交往的關係，沒想到，就在這個時間點，我碰到了「剛分手」的克群學長，我心中的怨懟可能真的得要我自己一路走來，才有辦法體會。

「跳支舞吧。」吾川先生溫柔地邀請我，讓我更加有罪惡感，就在我和吾川先生交往之際，我又怎麼能因為這個宿命的惡作劇而心動呢……隨著樹的音樂，我和吾川先生緩緩開始了只屬於我們的兩人之舞，我也在心中默默下了一個決定……

第23話 何謂最愛

那晚的慈善晚會結束之後，我和吾川先生陷入了另外一種情況。我知道我心裡掛念著某件事情，吾川先生也知道，只不過吾川先生並不急著問我，甚至還會刻意迴避掉把話講白的時機。

以我對吾川先生的了解，我總覺得，他已經大概知道我心中掛念的事情為何，只是不想拆穿而已。

就這樣模模糊糊過了一個禮拜左右，前同事瓊忽然敲了我。

「不要怪我沒告訴妳。」瓊恩一開口的開場白就讓我傻眼。

「又要告訴我做事的大道理了嗎？」

「哼……少在那邊耍嘴皮子，我只是想和妳說，不要以為自己現在過得很幸福。」就算是透過網路，我都可以聞得到瓊恩的酸味。

「我沒有覺得自己很幸福。」我說。

「那就好，到時候被人家騙了妳都不知道。」瓊恩的酸味，一直沒消逝過。

「瓊恩姐，我在上班，有什麼話想說，麻煩妳直接說。」我都想要捏住鼻子了。

「好呀，我就和妳說，妳不要以為吾川先生很單純，妳最好先搞清楚他的家庭狀況。」瓊恩說的每個字，都刺進了我的心裡面。我一直不願去拆穿的這一部分，我想外面應該很多人都知道。

只不過，我還是得硬著頭皮撐下來，不可以讓人家看扁。

「謝謝妳瓊恩姐，我和吾川先生很好，我也很清楚他的家庭狀況，謝謝。」打完我要說的字之後，我立刻登出。

這就是我和他現在不清楚的地方，一來是我自己心中還有黃克群學長，二來是我從來不知道他的家裡狀況，因為每次過夜都不是他真正的家。

搞不好，吾川根本就已經結婚了……

原本就被這些事情搞得心神不寧的我，這下子因為瓊恩的話，我又更加不安了起來，我可不希望外面的人都知道吾川的情況，就我一個人傻傻不了解。我越想越不是味道，於是站起來，大步往吾川的辦公室走去。

敲了幾下門之後，吾川低沉的聲音不變，要我進去。

吾川坐在電腦桌前，好整以暇，似乎早就在等著我去找他，那感覺就像我們第一次見面一樣從容。他總是知道，我心裡在想什麼。

「妳坐。」吾川要我坐在沙發上，而不是他電腦桌前的辦公椅。他曾經說過，如果要談公事的話，他會要我坐在辦公桌前面，如果是要談私事的話，他就會讓人坐在沙發上。

我依照他的指令坐下後，吾川站了起來。

「Tanya，妳知道，我三十好幾了……妳不會相信，我沒有女朋友或老婆之類的存在吧……」吾川的背後是整片的落地窗，背光的他讓我看不太清楚他的表情。

我欲言又止，吾川先生已經趁這個空檔，繼續往下說。

「原先，我們只是透過網路認識的朋友，當然，後來我透過履歷，找到了妳……我不否認，我非常地，喜歡妳……但我也沒有想過，我們的關係會有可能持續或繼續很久，因此，對於我的家庭狀況，我一直不想透露。」

我認真聽著。

「不過最近一個禮拜，我們像是走到了瓶頸，對嗎？似乎已經到了不把這事情說開，就無法繼續走下去的窘境了……」吾川說話的語調和用字遣詞，總是讓我聽得很舒服，就算是講這種有可能讓我難過的事情也一樣。

「我只想知道，你結婚了嗎？」我總算找到他說話的破口，見縫插針說了一句話。

吾川說話的時候，原本有很豐富的手部動作，然而在我問了這句話之後，他的動作停止了，在背光下的落地窗前，我就像是看到了一個靜止的剪影般，停頓在畫面裡。

再怎麼會說話的人，對於一個問題的答案，也只能說出一個而已。

「是的，我結婚了，家裡有一個老婆……」

答案揭曉。果然……我當場很想要站起來，但是不知怎地，腦海中又閃過吾川先生第一次和我見面時講的話。應該說，每一次和他相處的時候，我總是不會忘記他第一次見面講的話。

我不想依照他的猜測而行動……因此我坐在椅子上，動也不動……只不過我的大腦裡想的事情可是複雜的很……

如果我沒有和這個已婚男人在一起，我當天遇到的黃克群學長，就會是一個剛好單身的黃克群學長，那麼，就會是剛好單身的我和剛好單身的他相遇了，我一定可以和他聊起國中時代排球隊的往事，我們肯定可以有進一步的交談……然而現在，我卻因為眼前的這個男人——為了這個男人破了例，很快就開始交往，讓我又再一次，又無法轉圜地，和黃克群學長失之交臂，我簡直快要跪倒在當年那團月老的白霧面前，哭著對祂說：我錯了，請祢停止對我的詛咒了吧……

但腦中另外一個聲音卻說，如果沒有和這個男人交往的話，妳就不會到那個慈善晚會去，就不會遇到黃克群學長……

只不過，這些都是多餘的了。當天晚上之後，我知道我心裡偷偷下的決定為何……那就是，我決定認命，不再追求有學長存在的將來。為了斷念，最好的方法就是選擇一個男人，和這個男人共組家庭，而眼前的吾川先生確實有那麼一點讓我衝動。

可是，他結婚了……

我呆坐在沙發上，任憑腦中的一堆想法四處亂竄，一句話也說不出口，而吾川先生也維持著剪影的姿態，動也不動。

很顯然，吾川先生可能正在進行更精密的腦部活動，因此來不及回過神來。

「我不懂，既然你已經結婚，為什麼還要上網認識女人。」我率先回頭，問了一句我很想問的問題。

「我無法回答，真的……」吾川先生抱住了頭，這是我認識他這幾個月來，從來沒看過的樣子，雖然我不認為吾川先生會有無法回答問題的時候，因為在我心中，他對任何事情都有答案。

「你是不想告訴我吧，你只是不想說你自己是個花心的劈腿者，不想承認你會對另一半不忠，不想承認就算我們在一起，以後你還是會做出相同的事情來……」

不知道哪一條內分泌腺素激增，使我的口才，瞬間好了起來。

「Tanya，不是那樣……妳不懂……」吾川無意識地揮舞自己的雙手。

「我是真的不懂，才來請教你的……」

「就是時間不對……妳沒有出現之前，我認為我愛我的老婆，那天晚上剛好看到了那麼一個網站，我從來沒有做過類似的事情，然後，我做了，認識了妳，然後我知道了，我太晚認識妳，否則我不會和我老婆結婚……」

聽完吾川先生的解釋之後，我想起自己似乎曾在什麼地方，聽過了類似的話語……

「爸爸……並不是最愛媽媽呀……爸爸說，只是因為……先認識了媽媽，所以和媽媽結婚……後來才認識了最愛的……阿姨……哈哈…還是姐姐……」我一下子記不起來這段話是由誰說出，然而那麼熟悉的聲音，我又怎可能忘記呢……

我沒有想到吾川先生說的理由，竟然和從我小時候就離家的爸爸一樣不負責任……

聽完他的話之後，我堅定了自己的想法。

「等你處理完自己的事情之後，我們再談吧……」我走出吾川的辦公室，不帶任何情緒……

第24話 陌生來電

在這種情況下，我只能找小孟。還好她沒有在這種關鍵時刻來個「您所撥的電話號碼沒有回應」。

下班後，這是我這幾個月來，第一次沒有和吾川先生一起離開辦公室。我約了小孟在公司附近的速食店見面。

我點了一堆垃圾食物，小孟卻只是坐著看我吃，什麼都沒點。

「你們這種交友網站，難道不會過濾訪客資料嗎？不會嚴格要求他們的婚姻狀況嗎？竟然介紹了一個已婚的男人給我。」我真的不太開心，雖然在幾個月前，我還很開心小孟介紹了這麼樣一個男人給我。

「他自己要輸入什麼資料，我們沒辦法管制呀，只能說妳的運氣太差了，總是會和黃克群錯過……」

「不要再提黃克群了啦，我沒有再把心思放在他身上了。搞不好，黃克群就是我的瘟神，因此我不斷避開他，就是一件好事呀。」

小孟看著我，沉默不語。我相信小孟知道，我其實很想要聊黃克群的，但現在讓我心煩的事情卻是吾川先生，因為我真的還挺喜歡吾川先生的。

「那妳現在怎麼想，要離開公司嗎？要和吾川分手嗎？」小孟說。

「我好不容易才在這邊上班呀，而且工作內容我也都還滿喜歡的，我怎麼捨得走。只不過，如果和吾川先生分手了，還留在這邊上班的話，的確會很尷尬吧。」

我不停攪拌著可樂的冰塊，這會使冰塊溶化的速度加快。

「那如果吾川先生離婚的話呢？妳就願意繼續和他交往，甚至和他結婚嗎？」

「可能嗎？他會為了一個才交往了幾個月的我，決定和他老婆離婚？如果真的如此，我真的不敢想像，我幹了什麼好事呀。」

不知道怎麼說，媽媽這十幾年來單親撫養我的辛苦，就在這種時候會在腦中出現畫面。如果今天真的是吾川因為我而和對方離婚的話，那不就和當年的爸爸一樣，而我竟然成為破壞別人家庭的人？

只不過，吾川說的也沒有錯。如果說一開始先結婚的對象，是因為還沒遇到另一個更喜歡的人，後來真的有這樣的緣分，也不是不能離婚吧？畢竟，婚姻就是要和最喜歡的人在一起，不是嗎？

當自己身陷這樣的問題之後，我又回憶起當年請月老上身的景象。我問的問題，不就是我現在遭遇的事情嗎？難怪月老會無法回答，因為這種未來的事情，誰可以判斷得了呢？

假設說，吾川先生離婚後和我結婚了，我們兩人真的白頭偕老，這樣吾川說的理論當然就可以成立，因為我才是吾川先生的真命天女，我們兩人才是命中注定要在一起的。可是，如果說吾川先生離婚之後和我結了婚，結果相同的事情又再出現一次，也就是吾川先生又不知道透過什麼管道，認識了其他的女人，然後跟我說

「這個女人才是我最愛的，當初和妳結婚，只是因為她還沒有出現」這樣的話，就可以證明，吾川先生只是個喜新厭舊的人……

然而，愛情真的像我想的這麼單純嗎……

小孟看著我，似乎感到很無助。她的手溫暖地放在我的手掌上面，我知道她關心我，只不過我並不想讓事情更複雜。如果這時候還加入同性情誼，我想我的腦子真的會爆炸吧……

「心恬……真的無法承受的話，妳可以來找我……」小孟似乎想要留下她家地址給我，但我張開手掌，做出了拒絕的手勢。

「小孟，別這樣……我不是……」我感到很尷尬，但小孟似乎一臉茫然。

「我先走了……我再 Call 妳……」為了不讓事情變得更奇怪，我選擇了趕緊離開現場。畢竟對於小孟的性向，我一直沒有搞清楚過。

離開速食店之後，我自己一個人搭公車回我的小套房，這幾個月下班後都是吾川先生開車送我回家，而我竟然連公司到自己家的公車該怎麼坐都不知道。

到站之後，我繞道去了便利商店一趟。我身邊沒了吾川先生之後，我就回歸成為一個從基隆到台北租房子，每天省吃儉用的平凡小女生。這樣平靜下來之後，我才能體會，也許我愛上的不只是吾川先生這個人，還包括他的生活方式，他帶領我走進的生活方式。

在便利商店溫了一客通心粉便當之後，我回到我的小套房。自己一個人在家裡轉著小電視的頻道，我知道不管怎麼轉，我的心都不在節目上，只不過我必須告訴自己，和吾川先生真的分手之後，這樣的生活才是我真正要面對的生活。

轉著電視頻道，我的手機忽然響了。看著手機上顯示著沒看過的號碼，我有點納悶，只不過，就在我打算接起來的時候，手機鈴聲就停了。

我不以為意。

我繼續吃著通心粉，轉著電視頻道的時候，沒多久，手機又響了，我瞄了一下號碼，依舊是剛才那個沒看過的號碼，我接了起來。

「喂？」對方聽到我的聲音之後，沒多久就掛了。

這時候的我，才開始感到有那麼一點不尋常……

我索性將電視關掉，躺在床上，看著天花板。只不過，沒多久，電話又響了。這次手機響的同時，我聽到大門外有人接近的聲音。

我看向手機螢幕，又是剛才那個電話號碼。這次我急了，趕緊接起電話大喊。

「喂，哪位?妳再不出聲，我就要報警了。」我大聲叫著。

沉默了一陣之後，對方終於開口了。

「喂，請問妳是 Tanya 小姐嗎？」一個聲音好聽的女聲。

「對，我是，請問妳是……？」

「我是……吾川的老婆……」我萬萬沒想到，這事情會這麼快找上門來。我感覺自己立場很尷尬，整個耳根瞬間通紅。

「妳好，請問妳有什麼事情嗎？」我的聲音立刻和緩了起來。

「我想要和妳談談。」

「好、好呀，要談什麼呢？」

「我想要和妳當面談談……」

「現在？」我嚇到。

「是，我就在妳套房外面……」雖然說這樣忽然來訪真的很令人驚訝，但是我也可以體會，如果自己老公外遇的話，一定也會這麼急著想要找這個女人吧。

我不敢置信地走到門邊，門一打開時，我看到了一位非常美麗的女生，年紀應該和我差不多，但是五官真的相當精緻，如果在學生時代，應該是稱得上是校花。

校花……？

我越看越覺得這個女生面熟，那種溫柔的模樣，講話的聲音，的確是校花沒錯，的確是我們國中校花李潔如……

我看著李潔如，她也看著我，我想她應該認不出我來，也就是當年不小心搶了她男朋友的人。沒想到，現在會在這樣的情況下見面……

第25話 再見李潔如

李潔如進入我的小套房後，我讓出了唯一的椅子請她坐，我則坐在單人床的一角，因為其他地方都被我堆滿了東西。

我迅速將通心粉的殘骸丟進垃圾桶，然後把可以藏起來的衣物，一整落放在一旁，讓空間看起來稍微大一些。

就這樣對峙著，李潔如看來也沒有準備什麼話要和我說。只見我一個人忙這忙那，最後還從冰箱中拿出了那罐我記得昨天有買回家的紅茶，倒了一杯給李潔如。

「謝謝……」

我這時才有餘裕看清楚李潔如現在的長相，雖然依舊和高中時代一樣美麗，但不知怎麼搞的，現在的她看起來不年輕，要不是我知道她和我一樣大，我可能會認為她已經超過三十歲。

「我們……是不是見過面……」李潔如講話的聲音很優雅，甚至到了有點虛弱的地步。

「是……我們是高中同學……那個……劉問明……」我為了避免尷尬，乾脆先把那個男生的名字講出來。

「啊……對呀，妳是當時那個女生……哈哈，這麼巧，妳總是……嗯，我們也算是有緣份呀……」在李潔如說了「妳總是……」的後面，我不敢想像，她原本要接的話為何，但已經夠令我尷尬的了。

「原來是妳呀……原來……」李潔如重複了兩次，想必這種事情，一般女人做夢也遇不到吧，被同一個女人搶了兩次男人……

我尷尬到臉上做不出任何表情來，只是看著李潔如。我沒看過李潔如穿上便服的樣子，因為從前在學校的時候，她總是穿著制服，沒想到她身上的衣服不是P開頭的，就是C開頭的，和我的破爛套房形成了強烈對比。

「妳是怎麼樣認識吾川的呀？」李潔如終於切入正題。

「嗯……電腦交友，網路交友……」我有一種被質詢的感覺。

「很久了嗎？」

「其實還好，兩個月吧。」

「吾川對妳好嗎？」

「很好……」

「那妳喜歡他嗎？」

「喜歡……」

「喜歡到想要嫁給他的程度嗎？」這個問題讓我感到有點比較的意味，因此我的答案說得很硬。

「有，我很想要嫁給他……」

「可是卻有我的存在……？」李潔如這句話一說出口，我的頭立刻微微低了下來。我不知道該怎麼回答她。

就這樣，套房內的兩個女人，又安靜了下來。

「吾川剛才回家了。這幾個月來，第一次回家……」李潔如這段話說得很平靜，但我聽在耳裡，感到很難過。

因為這幾個月都是和我在一起。

「對不起……」我無意識地說出了這三個字。

「不需要的，這不是妳的問題，而是我和他的問題。」李潔如微笑著。

「高中那時候也好，這一次也是，我都不是存心的……」我真的感到很難受，霸佔人家的老公幾個月，今天總算人回到了家裡。

「當他一回家，我就知道事情出問題了……」

「什麼意思?」

「他回家之後，立刻和我說了妳的事情，因此我才會來這裡，想要見見妳……」李潔如依然一派優雅，這和我印象中的她有點出入。

「對不起，我會退出的……不好意思破壞了你們的家庭……」我低下頭。看著李潔如，我想起了我的媽媽，我萬萬不能做這樣的事情。

「退出？妳如果現在退出，才真的是罪人了……」

「什麼意思？」

「我和吾川已經回不到從前了……妳如果現在忽然退出，不但會失去妳的幸福，吾川也不會開心，而我們之間，更是會依舊糟糕下去……」

「妳來找我，不是想要我退出？」我露出驚訝的表情。

「就在他和我說完你們的事情之後，我已經簽了離婚協議書，我已經提出了離婚的要求……」李潔如說得平淡，我卻聽得面無表情。

「為了我，你們離婚……？」我感覺自己的嘴唇似乎開始發抖。

「我說了，和妳無關，妳只是個使者。」李潔如的用字遣詞，讓我感覺像是在和吾川先生說話。

「使者？」

「對呀，妳只是個使者，前來告訴我們倆時間已經到了，不需要再拖下去了。就算沒有派妳來，我們依舊會離婚的……」看著眼前對離婚如此沉靜的李潔如，我想起老家的媽媽，有種強烈的違和感。

李潔如拿起茶杯，喝了一口紅茶。

「這紅茶很好喝，謝謝。我該走了。」李潔如站起身子，打算離開，而我卻還在震驚於他們要離婚。

一直到李潔如走到門邊，問了我一句話，我才清醒了過來。

「請問這個門要怎麼開？」

我趕緊走到門邊，幫忙李潔如打開套房的門鎖。李潔如就要踏出我家。

「對了，我忘了妳的中文名字。」李潔如說。

「心恬，我叫心恬。」我已經很多年沒有這樣自我介紹過了。

「心恬，我會在幾天之內就把離婚辦妥。如果你們願意的話，還是趕緊結婚比較好。」

「這建議……」我有種感覺，好像是李潔如脫離地獄之後，希望找個人下地獄，以後就可以和她分享痛苦。

「我離開，不就是你們要結婚的最大原因嗎？我只是希望不要讓我這個婚，離得莫名奇妙……所以，趕緊結婚吧……」

最後李潔如在講這番話的同時，我忽然覺得她是放掉了很多事情。我忽然覺得，她的嘴角洋溢著笑意，我反而才像是受害者，正要投入一波又一波的煎熬之中……

第26話 別了小孟

李潔如說的話都是真的。

不到一個禮拜的時間，吾川先生就興高采烈地跑到我辦公室，只不過礙於我身邊的閒雜人等過多，他只好壓抑自己的喜悅，招手要我到他的辦公室。

等到辦公室門一關，吾川先生臉上便出現止不住的笑意。

「簽字了……我不知道她怎麼會這麼容易放棄，我的老婆——不，應該說前妻——願意和我離婚了……」我沒看過冷靜的吾川先生有如此開心的表情，這應該可以說明，他是真心喜歡我，並且認為我比他的前妻更適合他的婚姻生活。

「她簽了字，又不代表什麼，就代表你們離婚而已，對我來說，有什麼好高興的嗎？」我故作事不關己狀，但我當然心裡有數，知道接下來吾川先生會對我說出什麼樣的話。

「Tanya，我在這裡，正式邀請妳成為我未來家庭的一份子，我希望可以和妳共度之後的生活，請妳嫁給我好嗎？」吾川先生並沒有下跪，手上也沒有鮮花，我也沒看到什麼令人驚喜的婚戒或禮物，只不過那幾句話，他說得非常誠懇，誠懇到足以令我的眼眶發紅，我下意識點了點頭。

吾川先生緊緊抱住了我，我們兩人很簡單、很快速地決定了我們的婚姻大事。

在那之後的三個月，我過得相當擁擠而忙碌。準備婚禮，準備喜帖，準備宴客名單，準備婚紗……事情比我企劃一個雜誌的服裝單元還要複雜得多，然而吾川他竟然氣定神閒，指揮若定，彷彿一切流程都在他的掌控之中。

我知道他因為結過婚，所以很熟悉所有細節，但我並不是那麼喜歡這種感覺，畢竟我認為兩個人要同步感受到新鮮和喜悅，才是結婚的重點所在。

不過，這些感覺很快就被忙碌的行前準備淹沒了。我帶了吾川先生回到基隆，介紹給老媽認識。原本打算讓我最好的朋友小孟也認識一下，無奈這段時間裡面，不管是 Line 或是手機，小孟都像是人間蒸發一般找不到人。我刻意不去推敲小孟的心情，畢竟不管怎麼說，我要結婚了，她可是一定要當作喜事來慶祝不可。

三個月過去，時間很快推進到喜宴當天。吾川先生人面廣闊，因此喜宴開始時，吾川先生站在了會場最外側，不斷迎接來往的客人，我則是一個人和化妝師躲在新娘房內化上新娘妝、做最後的點綴。

在幫我補強腮紅之後，化妝師的肚子似乎出了點問題。

「Tanya，不好意思，我去一下廁所。」沒等我回應，化妝師很快推開新娘房門，往外走出去。門還沒來得及關上，小孟忽然低著頭走進來，回頭看了一下往外走的化妝師，開玩笑說：

「急什麼呀，又不是他結婚。」

小孟當天穿得十分帥氣，西裝加上紅領帶，簡直比男人還要英姿煥發。

「妳今天再不出現，我可能就要和妳絕交了。」看見小孟，我心裡踏實了不少，畢竟結婚這種大日子，還是要有熟人在身邊才對。

「別這麼說，我不是出現了嗎？」小孟雙手一攤，故作無奈狀。

「看看妳，心恬，妳從小到大都這麼美，今天也是……我想，沒有人會比新郎更幸福了，娶到妳真是他的福氣……」小孟說得感人，不禁讓我紅了眼眶。

「小孟，可是我有點怕……」

「怕什麼？就是結婚呀。吾川先生不錯的，是我的程式配對出來的人。」

「我搶了人家的丈夫……」這的確是我這段婚姻裡面，最令我心中起疙瘩的地方。

「那不是妳的問題，是吾川先生的選擇。」

「妳知道他的前妻是誰嗎？」

「誰？」

「是李潔如，我竟然搶了她的男人兩次……我每次想到這件事，心裡就很不踏實……」我極力不讓眼眶中的淚水滑下來，畢竟我整張臉的妝，都已經畫得很完美了……

「心恬，這沒有辦法，世界上的事情就是如此呀……妳能說妳最愛的人就是吾川先生嗎？也許還是黃克群學長，對吧？可是，妳不一定會嫁給他，李潔如離開了吾川先生，可能有機會遇到屬於她的黃克群學長，對吧？」小孟說出了很有哲理的話，但一時之間，我有點無法體會。

「妳是說……我害他們離婚，不見得是壞事……？」我用手指稍微撥了一下假睫毛，就怕眼淚滴下來。

「心恬，沒有任何一件事是壞事，懂嗎？在愛情裡，沒有任何一件事是壞事……沒有任何一件事……」小孟重複了三次，而且加強了語氣。我真的覺得，小孟就像個男人，堅強得讓我想要倚靠她。

「嗯……」我點著頭。

「就像是……我要離開妳了，這件事也不是壞事……」小孟的聲音趨於緩和，瞬間讓我起了錯覺，難不成是我聽錯了她的話？

「什麼意思?小孟，妳剛才說什麼嗎?」

「心恬，我得要離開妳了……到了妳結婚這天，就表示我不應該再陪伴在妳身邊了……」我曾經想過，也許小孟會對我結婚這件事有特別的感受。現在小孟親口說出這樣的話，更證實我心中想的。小孟對我的感情，的確超過了好朋友之間的界線。

「為什麼?」我站了起來，沉重的新娘服卻讓我無法走太遠，我只能站立身，伸出雙手希望可以握住小孟的手。

「心恬，我不能告訴妳原因，這是我自己的祕密……但請妳相信我，我愛妳，我會一直關心妳……」小孟體諒我無法走動，往前走近了一步，伸出大大的雙手環抱住了我。

那感覺好溫暖、好溫暖，我幾乎捨不得放開小孟。然而，深深擁抱了十秒左右，小孟鬆開了手。

「心恬，我要走了……以後我也許不在妳身邊，但我相信，感情這條路，妳一定會走得非常順利……祝福妳……」小孟最後的笑容十分甜美，接著她轉身，打開新娘房的大門離開。留下我獨自一個人。

不知道過了幾分鐘，飯店工作人員打開新娘房門，大聲喊著。

「新娘，該妳出場了……」

我用衛生紙偷偷擦拭眼角的淚，深呼吸了幾口氣，我決定暫時先放下小孟的事，準備迎接我人生中最重要的慶典。

小孟，不管妳是什麼性向，我都會把妳當成最好的朋友……我在心裡如此喊著……

第27話 似曾相識

夢幻婚禮之後，小孟真的消失了，我沒有刻意去找她，因為我可以想像，我結婚這件事對她的打擊有多大，不過我還是必須做這個決定。

婚後生活是甜蜜的。或者應該說，我從來沒有想像過，婚姻生活可以如此幸福。吾川先生雙親早逝，讓我們的婚姻少了一層產生問題的可能性，而吾川對老婆的呵護，更是遠遠超出我的想像。

一直到結婚之前，我才知道吾川先生在台北最精華的地段買了棟豪宅，李潔如離婚前一直住在那裡。

豪宅裡有三個佣人、兩個司機，不但出入方便，更有專人幫我處理各種事情。

而且結婚之後，吾川先生要我辭去城堡出版社的工作，專心在家準備懷孕生子，我的生活每天都過得非常愜意。

偶爾，我會到五星級飯店裡享受高單價的下午茶；偶爾，我會到最高貴的百貨公司裡，採購我和吾川先生的日常用品；偶爾，我更會以老闆娘身分，到每一間分公司走走看看。

這樣的日子，在最初的三個月裡令我感到十分新鮮充實，但隨著時間一天天過去，我開始對自己沒有一件實質應該做的事情感到無奈。

吾川先生每天固定在晚上七點左右回家，而我會在六點前命令傭人將晚餐準備好，務求讓吾川先生一回到家就可以吃到熱騰騰的飯菜。

新婚三個月內，我們兩人就像一對模範夫妻，我甜蜜地對待吾川，他也忠誠地回應我。每天晚上吃完晚餐後，我們會一起到附近的公園走走、散散步，甚至牽著我在蜜月旅行回來後吵著要養的貴賓狗。吾川會在散步時牽著我的手，用手指頭細膩揉著我的手背。這些小動作總讓我們在晚上上床時，增添了更多情趣。

每天早上，我也會比吾川先生早起，雖然早起只是為了提早吩咐佣人準備早餐，但是我希望他一早起床看到我時，是已經略施胭脂，而不是一臉睡意。

我會定期幫吾川先生準備新的領帶，添購新的襯衫，讓他在出入各種場合時，都有合宜的打扮。

我很拼命，很拼命地做名人太太該做的事情，因為我認為，李潔如一定是哪個部分沒有做好，才會讓吾川先生在外面產生了別的需求。

一切，都很美好……一切都很美好地經過了三個月，最初期的三個月……

某天晚上，我依照慣例，在六點左右請傭人準備晚餐。如果沒記錯的話，這天的晚餐是薑母鴨，我特地請佣人做了重口味，希望可以合吾川先生的胃。然而，就在一通電話之後，我知道，故事的劇情已經被改寫了。

「Tanya，我今天不回來了，公司有點事情，我會到陽明山別墅那邊過夜……」

「可是晚餐都……」我話沒說完，吾川先生那側已經快速回了話。

「不好意思，客戶一直在北投這邊應酬，我明天就回去了。」吾川先生說得婉轉，我也不好再堅持下去。

「好，不要喝太多酒呀……」沒有得到回覆，那端已經掛斷了電話。

我聽著「嘟嘟」的電話聲響，若有所思地在餐廳坐下。

我也許有那麼點預感……惡魔的劇本，已經悄悄展開了……

隔天晚上，吾川先生回到家中，不過臉色欠佳，一回來便走進寢室倒頭大睡，估計應酬的夜晚喝了不少酒。

沒料到，再隔一天晚上，也是差不多的時間，差不多的電話內容。

「Tanya，我今天不回家了，公司有點事情，我得要待在這邊很晚，我可能會去睡淡水那邊……」

我沒多說什麼，似乎吾川先生說了這樣的話之後，我也只能聽從而已，畢竟我就只能聽從……

只不過，從第一天開始，從兩天沒回家，三天沒回家，一直到四、五天沒回家，我赫然發現，這事情竟然成了常態……

我每天依舊可以到高級餐廳喝喝下午茶，也可以到百貨公司逛街，可是我竟然失去了到公司裡走走的勇氣。

晚上的時候，我會吩咐佣人準備晚餐，只不過是我自己一人進食。吃完晚餐之後，我會要求佣人帶貴賓狗出去散步，只不過我的身邊變成了印傭。我不了解生活的轉變怎麼會如此之快，我也不懂，究竟我和吾川先生之間發生了什麼問題。

當我的情緒累積到一個程度，吾川先生就會回到家中，告訴我他工作上發生了什麼不順利的情況，而每一次，我都會因為這樣的訴苦，就原諒了他沒回家的惡習。

事實上，我甚至告訴自己，沒回家又算得了什麼，他就是一個成功的商人，專注在他的事業上，身為一個他背後的女人，我應該要支持他、體諒他，讓他得到更多後盾才對。

然而，回到家中一趟，就意味著下次要更久之後才會回到家中，而我就這樣過了一年這樣的婚姻生活。

這一年裡，我覺得自己每天度日如年，覺得自己的生活毫無意義，簡直像個死屍般存在著。

終於，我忍受不了這種情況。某一天午後，我獨自來到城堡出版社，或許是想要回到以前工作的感受，或許是我有某種預感，總之我沒有通知吾川先生，就來到了公司，走到了那個先前屬於我的位子前。

我看到一個端莊秀麗的女子，就這麼坐在了我的座位上。我不知道這是哪位，但我有很強烈的直覺：她，正扮演著我先前的角色。

女子認不得我，於是我上前與她攀談。

「請問，吾川先生在嗎？」

「請問您有預約嗎？」

「對不起，我沒有預約。」

「如果沒有預約的話，是不能夠和吾川先生見面的。」女子說得堅定，一時之間，我倒有點搞不清楚自己的身份了。

「我是……」就在我想要表明自己的身分時，女子桌上的電話響起，透過話筒，我聽見吾川先生在電話那頭對女子說的話。

「Grace，現在進來我辦公室。」女子聽著電話，眼睛卻直視著我，我坐在這個地方上過班，我非常清楚，吾川先生是不會叫任何人進去他辦公室的……

「不好意思，請您下次先預約再來見吾川先生吧。」這個名為Grace的女子冷冷給了我個微笑之後，便轉身離開我的視線。我知道，那是朝吾川先生辦公室的方向。

辦公室裡還有其他同事，有一些應該認得我，有一些我沒有看過，只不過當我聽到周圍低聲呢喃的討論時，我確信這個Grace和當年的我一樣，只有一個人被蒙在鼓裡，只有她一個人不知道吾川先生的婚姻狀況。

我吐了一口氣，看著前方辦公室的大門，似乎看到李潔如的背影在我當時在這裡工作時出現過。如今，那個背影已經變成我的身影，黯然離開這家城堡出版社……

第28話 戲碼

坐在信義區的豪宅中，我想我大概知道了這個劇本的戲碼為何。吾川先生擁有龐大的事業體，更有著過人的幽默感和社會地位，我當初不應該想都不想就與他結婚，畢竟我根本連他是個什麼樣的人都沒搞清楚。

我想，在吾川先生的豪宅中，這樣的故事，這樣的女主人，可能是不停更迭著。也或許，在這幾個印傭的心目中，我根本不算什麼女主人，因為女主人隨時都有可能被替換掉。

我坐在梳妝台前，看到自己臉上出現了我曾經在李潔如臉上看過的憔悴，出現了我曾經在媽媽臉上看過的無奈，也看見自己的眼淚無聲息地從眼角流出，無聲息地表達情緒。

就這樣，在我去過城堡出版社的一個禮拜過後，吾川先生總算又回到家中。這天晚上，他看起來有想表達的心事。

「Tanya，我有件事情想要和妳說。」吾川先生回到了之前會與我正經說話的姿態，不再是回到家中就又準備出門的過客。

「你說吧。」我知道，我面無表情。

「是這樣的，我們結婚這一年來，我一直在思考一個問題，那就是，當初我們結婚的時候，到底有沒有考慮清楚。如果說，我們的將來是賭在一個不合適的人身上，最後我們兩人都會輸掉籌碼……」

因為不知道吾川什麼時候會回家、哪一天會回家，因此當他看著我的時候，他應該發現了，我臉上脂粉未施，蒼白到如病人一般。

我冷冷看著他。

「吾川先生，我聽不懂，我聽不懂你那有水準的用詞和比喻，你可以告訴我白話嗎？」我發現，我講話的音調很平，我覺得我好像聽誰用過類似的語氣說話。

「好吧，我應該這麼說。在遇到妳之後，我以為妳就是我這輩子的最愛了，因此我決定離婚，和妳長相廝守，但是沒想到，最近我又認識了一個女孩子，我發現她才是我的最愛，只不過我們兩人認識得太晚了……」吾川先生說得流利，我聽得無力。

我曾經在結婚前思考過這樣的問題，如果真的是時間差的問題，導致吾川先生一直沒有遇到真命天女的話，我認為我的出現應該是吾川先生流浪的終點。然而，如果吾川先生再一次出現這樣的情況，就表示這戲碼演的根本就不是真愛，而是一齣關於吾川先生劣根性的戲碼……我一直不想去面對的問題，沒想到才過了一年，就發生了……

「怎麼和我爸一樣呀……」我的口氣沒有變，但我知道，我內心的哀傷加倍了。

「妳說什麼？」

「你說的藉口和我爸一樣呀……哈哈，男人，都是這樣善待自己的嗎……」我想起來了，我想起來自己說話的語氣像誰，像誰……？

李潔如。

我現在的語氣，和一年多前李潔如來找我的時候一模一樣。那語氣裡充滿一種認命、看破、無力再向世界爭討什麼的悲哀。

「Tanya，這不是藉口，我真的愛她，我認為 Grace 才是真正我的真愛，這一次不會錯了……」吾川先生依舊可以把任何事情說得動聽，只不過這一次，我已經聽不進去了。

「你知道你的前妻李潔如，在你們離婚之前來找過我嗎？」我說。

「……我不知道，這事情和那事情沒有關係。」

「你知道她來找我的用意是什麼嗎？」

「我不知道……」

「李潔如想要看看，是哪個倒楣鬼接下了她的角色，這齣爛透了的戲碼，該輪到誰來演女主角，女被害人……」我說話還是很優雅。

「Tanya，不要這麼說。事情沒有那麼嚴重，只不過是時間錯了，我們兩個提早相遇了，我和 Grace 太晚認識了，否則這一切都沒有問題，沒有人會受傷，沒有人會被害……」吾川先生不愧是擅長文辭，任何醜惡的事情都可以在他的敘述下，化為一段段經典的愛情戲碼。

「我沒有去找 Grace，我不想上演一樣的劇情……」我的聲音逐漸提高。

「Tanya……」

「為了和你結婚，你不知道我下了多大的決心。」我慢慢走向了吾川先生。

「Tanya……」

「為了和你結婚，我讓最好的朋友，離開了身邊……」一步，一步。

「Tanya……」吾川先生此時反而有點退縮。

「為了和你結婚，我決定放棄從小就喜歡的男生……」我拿起桌上的菸灰缸，高高舉在手上。

「Tanya！」吾川先生總算急了，大聲喊著我的名字，只不過他的聲音對我而言並沒有任何威嚇作用。

我用力將菸灰缸砸在地面上，發出清脆的響聲，貴賓狗嚇得狂叫，就連印傭也跑了出來。

吾川先生和我兩個人站在客廳裡，動也不動。我依然覺得自己的舉動非常優雅，總覺得自己現在的行為，就像是校花附在了我的身上。

破碎的煙灰缸碎片彈到了我的腳邊，甚至劃破了我的腳掌皮膚，我看見紅色的血液緩緩從我腳底滲出，不是太多，卻足以讓我的每一步都沾滿血跡。

「Tanya……妳的腳……」吾川先生這時候還有點憐憫我的語氣，這一點讓我稍微恢復了理智，他不明白我的舉動背後的意義為何，只是眼睜睜看著我，踩著一步又一步的血腳印，走進房間，再走了出來。

「離婚協議書，我已經簽了，你可以趕緊和你的Grace聯絡，告訴她你已經離婚成功了，我想這足以讓你們兩個人的擁抱多延長個五分鐘……」我保持著優雅，頭髮卻散亂著。

「Tanya，謝謝妳體諒……」吾川先生依舊活在自己的理論當中，這讓我感覺到相當程度的恐懼。

我想起李潔如當時和我對話的情景。

「心恬，我會在幾天之內把離婚辦妥。如果你們願意的話，還是趕緊結婚比較好一點。」李潔如當時如是說。

現在的我，懂了。

如果沒有結婚，我不會理解李潔如被軟禁在這豪宅內，卻又坐立難安的無力感；如果沒有結婚，Grace 就還是當年的我的角色，不會進階到李潔如的角色……

回想起來，李潔如的優雅背後，其實充滿了怨恨呀……我想著李潔如的心情，說出了自己認為該說的話，我認為這無間地獄的戲碼，應該要落幕才是。

「不用謝我，我只希望你答應我一件事情。」我緩緩說到，語氣當然還是要保持優雅。

「妳說，如果我做得到的話。」我猜吾川先生想的應該是要給我多少錢吧。

我摸著自己的良心，緩緩說出這句話。

「離婚之後，希望你們兩人可以盡速結婚……」我果然，還是無法背叛自己內心的想法……

「Tanya，謝謝妳，我一定會的。」吾川先生開心地笑著。我知道，我的嘴角也微微上揚了……

別了，我人生中短暫住過的豪宅……

第29話 窩

二十七歲這一年，我回到了基隆，因為我離婚了。

我的老家依舊在鐵道前面，只不過隔壁幾個鄰居都已經變了模樣。左手邊的國術館依舊存在，但小時候那個打猴拳的阿善師已經過世，接下國術館的是他的夫人，繼續幫我們社區居民治療各類型的跌打損傷。

再過去的中藥行已經關門，換成一般的民宅。隔壁漫畫店顧店的阿婆，已經換成了年輕女孩，整間店也變成台北市隨處可見的連鎖漫畫店。

比較可惜的是，最有特色的那兩戶養豬戶，聽說在我讀大學的時候就已經遷走，當年那個阿霞阿姨不知道有沒有研究出豬隻配種的改良技術。

那一年多的婚姻期間所購買的衣物，我全數放在吾川先生家中。那些不屬於我的，我不會帶走，只是把之前自己一個人住時擁有的東西搬回基隆老家，回到小閣樓，回到那個不滿一百五十公分的空間當中。我忽然覺得，屋頂變得好低，生活也似乎變得好窄……

對於我搬回家的原因，老媽一個字也不問。看著我提著大包小包的行李，她也只是出手幫我搬到樓上，接著就問我之後有什麼打算。

「攤子有缺人手嗎？」我問。

媽媽點點頭。就這樣，我沒有休息，搬回基隆後的隔天，我就開始每天到攤販上，幫著媽媽、端菜、洗碗、招呼客人。

「心恬長這麼大了呀……」有些老客人從小看著我長大，也知道我小時候出名的經過，不免會問東問西。

「心恬現在這麼漂亮，結婚了沒？」客人問到這問題的時候，媽媽都會狠狠瞪上一眼，只不過，我早有心裡準備。

「沒結婚，小姑獨處呢……」

「那好呀，對面巷子那戶姓王的，家境不錯，聽說有個兒子，年紀和妳差不多，也是找不到媳婦兒，聽說正在託人找著，妳不會排斥這種事情吧？」

「不會呀……」我一邊整理桌上的碗筷，一邊回應著。我知道我心中現在對什麼事情都很難提起勁，總之該來的就讓它來吧。

回到基隆後不到兩個月，颱風又來了。

媽媽那天早早收了攤，母女倆趕緊回家把房門緊鎖，只怕發生什麼意外。不過，人家說日據時代遺留下來的建築物就是特別牢靠，聽得外面風聲不斷，屋內卻相當平靜。

「心恬、心恬，想吃宵夜嗎？」媽媽喊我時大約是晚上十一點左右，我聽見了她的聲音，卻沒有回應。

媽媽躡手躡腳走上了樓梯，進了那間高度不到一百五十公分的房間。在窗外閃電的閃光下，媽媽看到我獨自一人坐在窗戶邊，那情景就像小時候我上樓梯之後，看到媽媽獨自一人的景象。

媽媽沒說什麼話，在我身邊坐了下來。

窗外的風雨劇烈嘶吼著，和屋內我們母女一言不語的氣氛，形成了極大落差。

沒多久，我感受到身邊媽媽的體溫，開了口。

「媽，爸離開的時候，就是這種天氣，對吧……」我們母女倆這十幾二十年來，都不曾講過這件事情。

「嗯……好多年了呢……」媽媽說，我很自然地將頭靠在她肩上。

「媽，妳好辛苦……這麼多年了，一個人……」我說話的時候，並不是帶著感謝的心情，而是純粹認為自己可以體會媽媽這段時間以來獨自面對離婚的壓力。那種勇敢與獨立，是我心疼自己的另一種感受。

媽媽沒有回答，只是將手掌放在我的手掌上面。沒來由地，我就被媽媽這樣一個動作惹哭了。鼻頭一酸，眼淚就這樣從淚腺的一端不停分泌，越哭越傷心，越哭越無法控制自己，最後我乾脆整個人轉過身子，抱著媽媽放聲痛哭。

窗外的颱風也像在附和我的哭聲，淒厲地拍打房子外緣。風聲，雨聲，女人的哭聲，偶爾夾雜著一兩聲東西被吹落，或是招牌墜地的聲音。

一夜過去，我覺得我的人生也應如颱風過境般，該留下些什麼，卻也不該留下些什麼。

我整理了自己的心情，準備迎接新的生活。我不認為那一年多錯誤的婚姻應該影響我什麼，至少我比媽媽幸運太多，還沒有留下任何會提醒自己有過那段婚姻的證據。

我笑臉迎人，帶著十足的朝氣和媽媽到了攤子上，大聲招呼客人，希望可以藉此找回年輕時的精神。

這時，一直試圖來說媒的老客人劉叔叔又來了。

「心恬呀，我之前說的事情，妳考慮得怎樣了呀？妳才二十七歲，應該要好好找個好男人，嫁了之後妳媽才比較安心呀……」劉叔叔一邊吃著媽媽炒的烏龍麵，一邊喝著啤酒說。

「我不排斥呀……」我端著兩碗白飯，正從劉叔叔身邊經過。

「不排斥……不排斥的話我就來安排呀，我上次說的那個姓王的人家，那個兒子聽說很不錯，如果妳點個頭，劉叔叔就幫妳安排個週末，反正見個面也不會有什麼影響，怎麼樣？怎麼樣？」劉叔叔實際上提了這件事情不只五次，每一次我都用「再說」來敷衍過去。

送了兩碗白飯給隔壁桌的客人後，我的動作停了下來，接著轉身看向劉叔叔，在心裡做了個決定。

「好呀，劉叔叔，你來安排，我會赴約的。」

「真的？那太好了，那太好啦！」劉叔叔人胖，笑起來連眼睛都不見了。我對於自己答應了這樣一件事情，感到很輕鬆，也許我可以透過相親認識不錯的對象。其實無論在什麼樣的地方，愛情都可以展開……

正當我打算蹲下來幫媽媽沖洗收回來的碗筷時，我聽見媽媽和某個客人的對話。

「請問，妳知道這個照片是什麼地方的照片嗎？」一個男聲。

「……這是學校吧，不過我看不太出來耶……」沒多久，我聽見媽媽的回答，看來不是來吃東西的客人，是來問路的。

「心恬，妳知道這是哪裡嗎？」不久之後，媽媽向我求救了。我擦了擦手上的泡沫，站起身，從媽媽手上接過那張客人詢問她的照片。那是一張風景照，主要是山景及部分學校的景色。學校裡有相當大的排球場，而且那是我看過的地方。

「這是我的國中呀。」我笑著，看向那名問路的人。那男人留著落腮鬍，頭上戴著頂咖啡色帆船帽，背上揹了個大背包，看起來像是在世界各地旅遊的背包客，胸前還掛了非常專業的單眼大相機。

「妳的國中……那請問妳可以帶我去嗎？」背包客講話非常誠懇，只不過一時之間，我不知道該如何回應，因為我希望可以帶他去我的母校，但我正在幫媽媽做生意，這時候不太適合抽身。

「可以是可以，但現在不行……」我說。

背包客看起來有點失望，但很快又想到解決方法。

「我就住在前面的旅館，為了來拍基隆的風景，所以這三天我都住在這邊，不知道哪一天妳有空？」背包客說。

我撇頭看了一下前面的港都旅社，的確離我們攤販不遠。隔天是星期日，媽媽的攤販也公休，我順理成章地回答。

「那就明天吧，明天可以。」背包客聽到我的回答，高興地笑了。

「太好了，那明天傍晚我們約在這裡，方便嗎？」

「嗯。」我點頭。正打算蹲下身繼續洗碗的時候，我像是想到了什麼。

「請問你這張照片是從哪裡來的呢？」我問。

「是從一個部落格下載的……」

「部落格……？」我有點疑惑，誰的部落格會把這張照片放在上面呢？

「那個部落格叫『小孟的部落格』，裡面有她最愛的五個風景，這張照片列在第一名……」

聽到小孟的名字，我的心像是被溫柔地撫摸了一下。果然，在她的記憶裡，有我在的時間還是她最重視的。在經歷了婚姻的噩夢之後，我多麼希望，可以再一次見到小孟……

我往下蹲，帶著微熱的眼眶擠了點洗碗精在沾著油漬的碗盤上……

第30話 最熟悉與最愛

在與背包客見面的隔天傍晚，我穿著輕便的運動服，在約定好的時間，出現在媽媽的攤販前面。當然，媽媽今天沒有營業。

我一直朝港都旅館的方向看著，想像背包客會從這個方向走來，沒料到等了幾分鐘之後，忽然有人拍了我的背。

「不好意思，讓妳久等了。」背包客的聲音。

我轉身，看著眼前的背包客，霎時一句話都說不出口。

「我想說還有點時間，到那邊的理髮廳去了一趟，順便把鬍子頭髮都修了一下。」背包客的整片落腮鬍都剃光了，原本戴著帆船帽的亂髮，看起來也修短了不少，整個臉清爽了許多的他，看起來竟然和我年紀相仿。

更重要的是，看著看著，我竟然覺得他面熟了起來。

「……你是昨天那個……」我比手畫腳著，卻不知道該怎麼形容昨天的他。

「對，我就是昨天那個……」他也學著我比手畫腳了起來，動作十分逗趣。

我笑了出來，卻一直想不起來，我曾經在哪裡見過他。

「好吧，你真幽默。請問，我要怎麼稱呼你？」

「阿男，大家都叫我阿男。」背包客說出他的名字之後，我整個人有如晴天霹靂一般震撼。

「你是XX大學的阿男？」我驚叫著。

「咦？妳是我大學同學嗎？」阿男也驚訝了起來。

「我們見過面……曾經……」我試圖平撫自己的激動。

只不過，要消弭這份激動可不是太容易的事情。在我已經對於愛情如此灰心之際，竟然又出現了我曾經的暗戀對象，這叫我要如何平靜下來？更何況，現在的阿男看起來比大學時期更成熟、更有魅力。而且從他的旅程看來，他一直都沒有離開過攝影相關工作。

只見阿男左思右想，似乎想不起我和他曾經在什麼情況下見過面。事實上，如果說那麼驚鴻一瞥的相遇可以在他心裡留下印象的話，現在的我可能才真的要說不出話了。

「不好意思，我們在哪裡見過？」阿男終於向記憶投降。

我將那一段進教室上課，兩人搶位子撞倒之後的過去，說給阿男聽。不過當然不包括我對他的感覺。

「後來，妳和大衛交往了……」這樣一路走著走著，我們兩人已經走在了往母校的路上。

「對……」我知道後來阿男被退學了，因此也失去了和這些同學的聯絡。大衛交了什麼樣的女生，對他來說自然完全不重要……

就這樣一路聊著過去的事情，我從阿男的口中得知，他被退學之後，就開始跟某位攝影大師學習，甚至在台北接了許多不同的案子，包括雜誌攝影……想著……

那怎麼會沒有配合過呢？我那幾年時尚雜誌的生涯，難道又錯過了嗎？我心裡

沒多久，我們走上了我的國中。

基隆這個地方有個非常奇妙的特點，那就是每所學校幾乎都在半山腰上，因為基隆三面環山，一面環海，如果要利用地形，就得要在山坡上建設，所以每個基隆孩子小時候都是爬山上學的。

學校看起來和我讀書時沒有太大差別。操場上的欄杆依舊，排球場的網子也掛得非常工整，只不過排球場的地面留下了時間摧殘的痕跡，看起來不像以前那麼的平坦了。

阿男拿出那張從網路上下載的照片，遠遠近近地比劃著。

「這張照片不知道是從什麼角度拍的，似乎從這個角度取鏡會是最美的……」

阿男四面八方地看著，我卻是一句話不說，就往操場邊的欄杆區走去。

「應該是從這邊看過去的……」我根本不需要思考，就知道一定是小孟後來自己回來學校，從這個角度回想我們在一起的時光，拍下了這張照片。

阿男隨著我走了過來，比對了一下照片和角度，點了點頭。

「的確是從這邊拍的。真奇妙，我自己從這邊看過去，除了那空曠的排球場之外，我感受不到這個景有多美，但透過她的照片，我卻覺得這邊是個可以拍出美麗風景的照片，想必拍照的人對這裡有著極深厚的感情……」

聽著阿男的話，我看著排球場，雖然這時候是假日，沒有什麼學生在球場上，但我眼中卻依稀可以看到當年薛文學長和黃克群學長舉球及殺球的英姿。當然，我也可以回味到小孟陪在我身邊的溫暖。

不知不覺，我的眼眶又緩緩熱了。

「不介意的話，我就自己在這邊拍幾張照片了。」阿男從背包拿出相機，開始四處取景。

「嗯，不用理我……」看著大學時期的阿男在我的國中母校，又回憶起國中時期的暗戀對象，我心中有點時空錯亂的感受。如果這些事情可以和小孟分享的話，我想我會更高興……

思緒一路從國中、高中、大學走到了出社會，我在想，如果我堅持不和吾川先生結婚，繼續留在台北，繼續尋找和時尚雜誌相關的工作，或許我會在那個城市裡遇見黃克群，或許不用經歷那一段讓我幾乎死亡的婚姻，又或許我和黃克群學長會有一段浪漫邂逅……只不過，在我經歷過這些事情之後，我真的很想問，愛神也好，月老也好，時至今日，我都還在祢的詛咒當中嗎？難道今天的阿男，又是另外一段折磨的開始嗎？

在我出神的時候，我忽然聽見快門聲，離我不遠。我微微撇著臉，就看見阿男正拿著相機往我這邊猛拍，我相信我的神情是呆滯的。

「不要拍我，我都沒有化妝……」我忙著用手擋住臉。

「沒化妝才好看呀，我最不喜歡台北那些女生，每個都濃妝艷抹……」阿男的話讓我有點驚訝，卻也讓我有點放鬆。

我放下擋在臉前的手，任由阿男的快門恣意開闔著，也許當時會喜歡上阿男，並不是沒有原因。

基隆的山上飄著淡淡的霧氣，在我看來，那是談戀愛的催化劑，因為我這輩子唯一一次最接近自己喜歡的人，就是現在了……

第31話 幻想

山上的時間過得飛快，在沒有刻意掌控時間的情況下，天已經黑了。

阿男收拾好照相裝備後，我們兩個人就在極佳的心情下，慢步下山。

我知道阿男只待三天。也就是說，昨天是第一天，今天是第二天，明天白天就是他離開基隆的時候。

只不過，要我輕易放棄這樣的緣分，我真的有點捨不得，雖然我對於愛情已經不再像從前那麼信任了……

「你肚子會餓嗎？要不要去吃點東西？」我主動開口邀約，阿男卻給了我個謎樣的微笑。

「好呀，只不過，我想要先回旅館洗個澡，妳可以先陪我回去一趟嗎？」阿男出門後不但剃了鬍子、剪了頭髮，還揹著這麼重的器材，我想他的確流了不少汗。

於是，我們兩人先回到港都旅館，進了阿男的房間。那是一間不到三坪的房間，大概就是放了張床，擺了個小電視，另外就是一大堆阿男的器材和行李。

「不好意思，妳坐，我先洗一下澡……」阿男招呼我坐在房間床上之後，便自己進去浴室，浴室也很小，連可以泡澡的浴缸都沒有。不過我想，對於阿男這種長時間在外面拍照的男人來說，他並不在意這些事情。

我坐在阿男床上，阿男在浴室裡開著蓮蓬頭，水聲在房間這端聽得十分清楚。旅館很簡陋，因此就連阿男在裡面不小心撞到蓮蓬頭，或是肥皂滑落到地上，我都聽得很清楚。

沒多久，阿男洗好了澡，圍了條浴巾走進房間。從浴室裡傳出來的香味相當特別，看來，阿男有隨身攜帶他慣用的沐浴乳之類的……

「好了嗎？要走了嗎？」我說。

阿男看著我，微微歪著頭回應。

「妳應該也有流汗吧？要不要也洗個澡？」阿男說得十分自然，但經歷過這幾年感情的我，已經逐漸了解男女之間的密碼。

我甚至可以從這句話，判斷出阿男對女人十分有一套，因為這句話就意味著「我們要不要先做個愛再出去吃東西」……

我吞了吞口水，一時之間竟然動彈不得，也無法回答。但我還是下意識點了點頭。

「好呀……」聽完我的答案之後，阿男彎下腰從他的行李箱裡挖出一條大毛巾，拿到我的面前。

「這條我沒用過，乾淨的。」我從阿男手上接過大毛巾，一言不發地走進浴室。關起門的時候，我幾乎躲在門後面，不敢喘氣。因為我沒有想像過，事情會發展得如此迅速。

我打開蓮蓬頭，試圖製造點聲音，讓我的思考不要那麼安靜。

我回想起今天見面的每個片段，我確定，早在我認出他是阿男的那瞬間，阿男就認定可以和我上床了吧……畢竟沒有一個女人會這麼仔細地記住生命中短暫碰見的陌生人。

我脫掉衣服之後，任由蓮蓬頭的水拍打身體。只不過，幾分鐘前阿男在這浴室內沖洗的味道，竟然就這樣緊緊包覆在我四周，充斥在這小小的浴室內。

十分鐘過去後，我包著浴巾走出浴室。我預期阿男不會穿上衣服，我預期他依舊只是包裹著剛才那件浴巾，方便之後的進行。

只不過，我錯了。

我一推開浴室的小門，就看見阿男已經穿好外出服，反而是他看到我包裹著剛才他給我的大毛巾，面露怪色。

「妳的衣服……應該還在裡面吧？」阿男笑笑著說。

「……對喔，我怎麼忘了……哈、哈……」我苦笑兩聲之後，尷尬地跑回浴室，暗自嘲笑自己表錯情，趕緊換上我原本的運動服，出來與阿男會合。

總算，我們兩人走出旅館之後，剛才的怪氛圍一掃而空，取而代之的則是基隆晚上帶有涼意的空氣。

「哇……好舒服的空氣，我就喜歡這樣冷冷的感覺。」阿男笑著，看來他真的是個十分開朗的大男孩。

「你喜歡吃什麼東西呢？基隆最有名的廟口，我帶你去好好吃一頓如何？」

「好呀，求之不得……」我和阿男就這樣走進廟口，開心地選著想要吃的攤販，度過了一個美麗的夜晚。我認為，阿男是個理想的好男人，我知道我的心，自從大學那幾年之後，又再度心動了……

吃完東西之後，阿男送我回到我那日據時代遺留下來的老屋子。兩人站在了路燈下。

「很感謝妳今天陪我出去拍照，我相信我已經拍了不少我想要的照片，也謝謝妳晚上帶我吃了那麼多好吃的東西。」阿男說。

「別這麼說，沒想到是同學呀，當然要幫自己的同學。」

「對呀。」阿男的話說到一半，我們看著對方，卻發現這時候話語似乎變得多餘，似乎應該要有些動作，才符合現在的氣氛。

阿男看著我，我則是有點不好意思地低著頭。但我知道，我的心跳速度很快，就像見到了黃克群學長一樣的頻率。

「……我明天回台北了……」好不容易，阿男擠出了這麼一句話。

「嗯……」我當然知道。

「有空……來找我？」這句話似乎是阿男能說出的好聽話中的最高底線，在這之上就沒有什麼可說的了。

不過，這已經讓我很滿足了，因為這表示我和阿男有繼續發展的可能性……

「我進去了……」我話說到一半，阿男低頭親了親我的額頭，我想這也代表了些什麼吧……

這天晚上，就在這個輕輕的一吻中結束……

隔天禮拜一，我依舊和媽媽到攤販上工作。川流的客人，洗不完的碗筷，沒多久，那位老客人劉叔叔又再度出現，我殷勤地招呼著。

「劉叔叔，今天要吃什麼呀？」我說。

「不用了，今天是刻意來找妳的呀。我幫妳約了這禮拜天，和那個王先生他家的兒子呀，這禮拜天晚上吃個晚餐。我會到，王先生和他兒子會到，就看妳媽媽要不要一起來了。」劉叔叔個子胖，說這麼一整串話，已經讓他有點喘不過氣來了。

「這個禮拜天……」我停下手邊的工作，嘴裡唸著日期。這時候，阿男正從媽媽的攤販前經過。

「伯母，謝謝這幾天的幫助，我要走了……」阿男雖然是對著媽媽說話，但是眼睛卻看向了後方的我。

我眼前站的雖然是劉叔叔，但他身材不高，可以讓我直接看到他後方的阿男。阿男看我正在和客人說話，也不方便叫我。他似乎拿了份東西給我媽媽，接著便高高舉起手，向我揮了揮。

我知道他要離開了。我不知道該說什麼，只能點點頭，目送他走遠……媽媽走了過來，將阿男給的牛皮紙袋交給了我。我緩緩打開紙袋，看見了一張照片……

那原本是小孟取鏡的空景裡面，多了一個我站在當中……透過阿男的鏡頭，這張照片又多了點和小孟拍的照片不同的感受，就像是現代的我回到回憶當中，回到黃克群學長活躍的舞台當中……

我看著照片，心中的感觸又多又雜，一時間，我忘了劉叔叔還站在我面前……

「那個心恬呀，妳還沒答覆我呀，我好去向人家回覆一聲……」劉叔叔的聲音把我一下子拖回現實，我趕緊將照片放進牛皮紙袋，像是下定決心般，開口回覆劉叔叔。

「不好意思，劉叔叔，我想說還是多陪我媽媽幾年，我還是不要相親好了……不好意思，麻煩您幫我推掉好嗎……」我看著劉叔叔的表情一陣紅，一陣白，雖然十分過意不去，但我知道現在的我，已經無法去相親了……

已經無法了……

第32話 熟人

劉叔叔聽完我的回覆之後，一整個禮拜都沒有出現。

我雖然心中很是愧疚，但無法違背自己的心意，我心裡也清楚，在這之後，我應該會做些什麼吧……

禮拜一阿男離開基隆之後，我每天依舊辛勤地幫忙媽媽在攤販上工作，攤販的衛生設備想必不會太優，所謂的抽油煙機也只是種裝飾，即便是戴著手套，我都覺得自己的手整天浸在油污中。這時候的我整個人就像一個煮飯婆，有時竟然會不自覺地聯想到信義區豪宅裡的印傭。

回到基隆這一年來，我幾乎沒有離開過基隆，更不要提回去台北那個繁華都會，但再次碰到阿男之後，我的心裡起了點騷動。

媽媽的攤販生意雖然是跟著附近報關行的上班族來調整營業時間，但如果完全都是週休二日，媽媽可能會感覺有一點過於怠惰，因此媽媽總是一週休兩天，隔週休一天，也就是說，上禮拜遇到阿男的時候，正是只休息一天的禮拜六，這禮拜則是週休二日。

禮拜五收攤的時候，媽媽忽然開口問了我一句。

「不是本來要去相親嗎？結果怎麼又不去了？」

「……就說了想多陪妳幾年呀。」

「騙人……」媽媽一邊收拾桌椅，一邊說著。

「妳拒絕劉叔叔之後，害劉叔叔都沒有來吃飯了啦。」媽媽帶點抱怨地說。

「怎麼，怪我喔？」

「我只是覺得，如果妳本來就不想，就不要答應人家，如果答應了，至少也要去看看吧。」媽媽飛快拿著鐵鍊，綁起攤販的桌椅，熟練地用鎖頭將所有東西鎖上。

我不知道該如何回答。

也對……就算去相親一下，我也不會怎麼樣，反正也只是多認識一個男人罷了。我也太憨直了，其實沒必要拒絕呢……

但事情都已經說出口了，總沒有必要再去向劉叔叔說，我又想要相親了吧。如果說老媽覺得因此少了一個老客人，我以後就加把勁，多幫她找幾個客人就是了……

禮拜六的假日，我通常會睡得很晚。

因為平常時幫媽媽做這些粗活，實在需要耗掉很多體力，但這個週末我不知怎麼回事，早上八點就醒了。

說是說不知怎麼回事，但事實上我心裡清楚，早醒的原因是我今天有個很想去的地方。醒來的我，會拿出阿男交給媽媽的牛皮紙袋，將裡面的照片取出來，仔細地看。

越看，越害怕。

到現在為止，我人生中的每一段愛情都是那麼陰錯陽差地爛桃花，我不知道這個從小開始的詛咒會跟著我到什麼時候，我甚至不知道要如何破解。或許我應該去找個法師或和尚之類的替我做法，又或者得像電影裡的貞子一樣，去找到這個詛咒的源頭，去替這個詛咒申冤，我才可以得到解脫，才可以重新得到我心目中的愛情。

然而現實生活中的我，能做的事情就只有一件。那就是不停追求。

我這輩子遇到了幾段不算好的愛情，即使失敗了，即使錯過了，我還是不灰心地往前追求，我認為這才是破解詛咒的唯一法則。

因此，禮拜六，我決定往台北走一趟。

事實上這個決定還是充滿了風險，因為阿男留給我的，是他攝影棚的名片。也就是說，我只能用他攝影棚的地址和電話去找他。星期六這天他會不會在攝影棚我都不能確定，又怎麼能夠奢望可以找到他呢……

但我就是有這種不服輸的個性，經過那短短的相處，我認為阿男是個君子，是個可以倚賴的男人，他不但不會乘虛而入，更有著成熟男人的風味。

我搭上從基隆往台北的客運，獨自坐在最後一排的椅子上，不停想著。我不敢肯定阿男看見我會出現什麼表情，但我知道，我非常想看到阿男。至於我為什麼要去見阿男，我也想到了一個非常蠢的理由。

那就是，我必須為了那張照片，去向阿男道謝。

因為這件事情非常重要。為了加強這個信念，我在座位上不停反覆辯論這件事情有多重要。因為有著我小時候的回憶，有著我小時候最好朋友的回憶，有著小時候我暗戀對象的回憶，因此很重要……而阿男將我拍進了我的回憶當中，這讓我覺……相當的……十分的……總之很重要……

我知道，如果我腦中有個旁觀者在一旁聽我辯論，一定會吐血。只不過，我就只能如此，只能如此增強我的信念。

循著名片上的地址，我終究找到了攝影棚的所在地。攝影棚位在百貨公司附近的二樓，從外面看來似乎沒有想像中大。

我站在樓下，反覆調整呼吸。我試著大口大口吸氣，不料一個不小心，竟然嗆到了。確認自己的儀態等等一切都算正常之後，我踏上階梯，然而每一階走起來竟然都是那麼吃力。

「叮咚……」我按了電鈴。攝影棚門口並沒有什麼對講機，因此電鈴響完後，門就自動開了，我想是裡面的工作人員舉手之勞開的門吧。

我對於攝影棚並不陌生，畢竟那幾年工作也拍了好幾次。

因此我知道在工作時，如果有一個陌生人走進來，其實也不會有什麼人注意。

然而這次我估計錯誤了……

當我一走進攝影棚，竟然就有人叫我的名字。

「Tanya？」我一回頭，的確是我認識的人。

小花！！

前公司的美術編輯，怎麼會在這邊呢？

然而另外一個想法立刻湧出來。如果她沒有離職，今天敲下阿男這個攝影棚來拍照的公司，應該就是我的前公司……

果然……另外一場噩夢，就這樣無預警開場了……

「Tanya，妳怎麼在這邊?」遇到小花還滿令人高興的，但遇到瓊恩就真的會讓我渾身不自在了。

「瓊恩姐，我只是來找這位攝影師而已……」我其實覺得有點呼吸困難。

「阿男嗎?他正在忙呢……」旁邊一位剪著小平頭，但可以看得出來是女生的工作人員回了我的話。

「在忙呀……」我完全沒料到會是這樣的場面。霎那間，我真的找不到話來防禦自己，只能夠一個人站在原地，不知所措地點著頭。

「離婚之後看來過得不太好呀，髮型和衣服的品味都變了……」長期待在基隆生活，的確讓我對打扮這件事生疏不少，但是瓊恩提到「離婚」兩個字，才真正讓我產生了烏雲蓋頂的感覺。我開始後悔，自己幹嘛沒事跑來這個地方，好讓人家羞辱自己呢……

只為了追求自己所謂的真愛嗎？

就在我的忍耐指數快要到達極限的時候，阿男從拍攝現場走了出來。

「怎麼了？」阿男說。

「這位小姐想要找你。」一旁的平頭女生，傳遞了我的訊息。

「心恬？妳來看我呀……」阿男露出笑容，這讓我舒適了不少。

「對呀……不好意思，打擾你們工作了……」我有點想離開。

「沒關係，不過我現在真的不能陪妳。老婆，妳幫我招呼一下我朋友好嗎？」

阿男對著剛才一旁的平頭女生說。

阿男說得再自然也不過的幾個字，卻讓我幾乎笑不出來。

「不用了，不用招呼我了，我要走了……」我被阿男的那句話嚇得有點雙腿發軟，甚至往後退了幾步，卻不小心勾到電線，整個人就這樣往後摔了一跤。

「Tanya，妳沒事吧？」小花過來想要幫我一把，沒想到我一個沒抓穩，又滑了一跤。這兩下，把攝影棚門口的一些擺飾撞得亂七八糟。

我再也忍受不住自己的難堪，半爬著起身，也不再多說什麼，轉身拉開門就往樓下跑。因為衝勁過猛，差點從二樓跌到一樓去，還好我抓緊了一旁的把手。好不容易到一樓的時候，才驚覺自己身上好幾個地方都疼痛不已，想來是剛才跌倒的時候摔的……

只不過，明明胸口沒撞到，怎麼心頭痛得如此厲害？

第33話 幸福小吃店

我站在攝影棚樓下，渾身痠痛著，卻漸漸搞懂了些什麼……

阿男已經結婚了呀……我竟然沒有想過這個可能性，對呀……我的真愛時間差詛咒，就是會不停錯過最愛的人，或是和不愛的人相遇，我怎麼到今天都還搞不懂呢……怎麼都還搞不懂……

我的眼眶紅了，但卻急著想要離開現場，因為我很怕樓上的不管是誰走下來，看到我現在這麼狼狽的樣子，都只會讓我再度受傷害。於是我一邊走，一邊流下了眼淚。我很希望這時候身邊能夠有小孟的陪伴，畢竟從小到大，似乎只有她會對我好，只有她會真心聽我講每一段愛情、每一種心情。

然而，我知道我已經找不到她了……

在失去婚姻之後，我曾經已經對愛情心如止水，但卻因為碰到了我曾經暗戀過的男人，讓我心頭那股衝動又再度湧出。沒想到，這股熱情持續不到一個禮拜，我又再度受到命運的擺佈，再一次嚐到傷痛。

究竟要到什麼時候……我很想問，究竟要到什麼時候，我的詛咒才可以完全解除……

我邊走邊哭，一邊回想阿男的反應。

我的直覺沒有錯。那天在旅館裡，或者應該說是我認出阿男之後，他的反應的確是知道我對他很有好感，因此在旅館的時候，他應該有想過可以發生什麼事情，不過最後他想到了他的太太，便停止了事情的發展。

我想起了吾川先生。

如果當天是吾川先生的話，我想我們早就會發生關係，也許他還是會搬出那套理論，說他太晚遇見了我，我才是真愛之類的……

但阿男沒有這樣做……

雖然阿男沒有這樣做，我卻寧願他這樣做……我的心很亂，同樣一件事情，我卻會因為不同的人給予不同的評價，或者應該說，我是因為結果，才給予不同的評價。假如阿男和我做了那件事情，然後和老婆離婚、和我結婚，但又像吾川先生一樣，重複做出同樣的事情……不會的，阿男不會的，阿男不會這樣做……就因為阿男沒有和我做不該做的事情，讓我覺得阿男如果真的做了的話，他一定不會像吾川先生一樣，重複做同樣的事情，但阿男就是不會做這種事情的人呀……

我的腦子裡如老樹的樹根般糾結，找不到哪邊是頭、哪邊是尾，我人生中每個關於愛情的事件都像無間道一般，不停輪迴重複……而我也在不知不覺之間，走失了……

身上的疼痛依舊，我卻發現自己不知道走到了哪條巷子裡，原本還在大馬路上的，卻這樣走著走著，晃進了不知名的巷弄……

台北這種大都會最讓我感覺進步的地方，就是不管大街小巷，總會看見幾家奇特的餐廳、有格調的小店、有風味的咖啡館……

這時也晚了，約莫九點多，我才發現自己從下午開始就沒有進食，於是我決定走進眼前這家有家庭風味的小館。招牌上寫著幸福小吃店。

店內的老闆娘已經在收拾桌椅了，只不過看到我的光臨，依舊非常熱情地招呼我。

「歡迎光臨。」

「請問還有東西吃嗎？」我問。

「剩的東西不多，妳吃炒年糕嗎？」老闆娘的提問切中我心。

「我很愛，麻煩妳了。」印象中，很少能在台北的餐廳吃到這道料理。

「不會。」老闆娘走進店面後端，大叫著。「炒年糕一份！」

我找了個可以看電視的位子坐下來。老闆娘從後方走出來後，微笑著對著我說。

「不好意思，要等一下唷。」隨後，我看見一個十幾歲的年輕小夥子從後方走出來，幫忙老闆娘收拾桌椅。

這景象就像我每天幫忙媽媽一樣，一種熟悉感油然而生。老闆娘看我盯著那年輕人看，笑笑地解答我的疑惑。

「不好意思，那是我兒子，在廚房的是我先生。」我點點頭，嘆了口氣。這麼簡單的家庭生活，是老媽——或者是我，一直在追求的。可是老天爺不知道為了什麼，總是不讓我得到。我真的開始認真思考，全台灣最有名的月老廟在什麼地方，我是否該找一天好好去祭拜一番。

正當我想得出神，老闆娘從廚房裡端出熱騰騰的炒年糕，在一片片年糕旁邊，還擺了蔬菜和牛肉片，看起來色香味俱全。

「久等了，妳點的炒年糕。」老闆娘將料理放到桌上，又倒了杯熱茶給我。在受盡委屈之後，這些舉動讓我心頭一暖。

然而，更令我驚訝的是，是吃進口中的炒年糕。

我又起一片炒年糕放入口中，那種美味又油膩的口感讓我好不舒服，味道透過味蕾直達腦中，勾起了我的記憶。

我一時之間無法形容這是我什麼時候吃過的口感，但我記得，那是很久很久以前，在我還沒長記憶之前嘗過的滋味。

我一口接一口吃，越吃味道越濃，越吃記憶越鮮明。隨著回憶復甦，我的眼眶逐漸發熱，我慢慢知道自己什麼時候嚐過這種味道。

就在我快要吃完整盤年糕的時候，廚房裡傳來一個男人的聲音。

「沒有客人了吧？我要休息了喔……」聲音由遠至近。接著，我看到一個頭髮花白的老人，中等身材，臉上有著和我一樣形狀的眼睛……

我看著他，整個人愣住，停止了手上的動作，只是動也不動地盯著他看。我相信我認得出他，但是他認不出我是誰……

老人看到我，露出了對顧客習慣性的笑容，隨後發現我靜止的表情，便感到一絲絲怪異。

我相信，他這輩子都以為不會有機會再見到我了……

我勉強將口中的年糕吞下去，試圖做出正常顧客該有的反應。

「……好吃耶，您炒的年糕……口味真特殊……」我還嚼著年糕，但也不想放過和這個男人對話的機會。

「謝謝妳啦……討個生活而已，有空可以常來吃呀。」老人看來一派輕鬆，可以想見，他的生活過得非常開心。

「我是很想常來呀，不過我住得太遠了……」老人這時轉過身去，開始幫忙老闆娘整理外面的桌椅，不過依舊和我對話著。

「這樣呀？住哪裡算太遠呀？」

「我住基隆。」我的話一說出口，我就見到老人的背影微微停頓了一下，接著又繼續幫忙整理桌椅。

「基隆呀……好地方，哈哈……是有點遠……」老人家看來打算用笑聲敷衍過，不過我又追問。

「老闆有去過基隆嗎？」我說。

「有啦，誰沒有去過基隆……對吧？」老人一直沒有回過頭，但一直和我對話著。

「我都帶你們去吃過廟口對吧？」老闆這句話是說給老闆娘和小夥子聽的，看來老闆一家人的感情十分融洽。

看著老闆的背影，我竟然想不起我和爸爸媽媽一家人曾經去過哪裡，眼眶裡堅持已久的淚水，忍不住緩緩流下。

我趁著老闆沒有轉身之時擦乾眼淚，放了錢在桌上，就往店門外走去。

「不用找了，謝謝。」我和這家人就此擦身而過。我知道，我以後不可能再來這裡。

但我知道，爸爸你過得很好……而且我相信，爸爸是真的遇到了真愛，不是像吾川先生那般將真愛當做變心的藉口……

第34話 王家的兒子

回到基隆老家時，已經是晚上十一點左右了。

我蹣跚走回家時，媽媽還在客廳看電視，似乎是在等我回家。

「回來了？」媽媽眼睛盯著電視。

「嗯。」媽媽絕對無法想像，我這一天晚上經歷了多少事情。我拖著沉重的步伐，正打算踏上階梯，上去那個不到一百五十公分高的房間時，我忽然很想問媽媽幾句話。

「媽，你相信爸說的話嗎？」

「啊？」媽媽像是沒料到我會忽然提到爸爸，嚇了一大跳。

「我是說，爸要離開我們的時候說的話。」我一腳踏在樓梯上。

「……哪一句呀？」媽媽沉默了很久，冒出了這個問題。

我不禁笑了出來。

「媽，妳都不記得爸說過什麼了嗎?他不是說他會和妳結婚只是因為先遇到了妳，後來找到了真愛，所以要離開我們嗎？」我記得非常清楚。

「喔，這個呀……妳說我相不相信嗎……」媽媽還是看著電視。

「嗯。」

「……真愛是他的……沒有人知道是什麼或是誰才是他的真愛呀，他說了算，妳懂嗎?哈哈……」媽媽最後笑了兩聲，我感覺她早就釋懷了。不過媽媽的這幾句話，的確解答了我心中長久以來的困惑。

就像是吾川先生說了算一樣……因此，我何苦在意呢……

那天晚上，我像是放棄了所有事情。我做了個夢，像條魚一樣，游在基隆的海邊，我自由自在，無入而不自得，像是回到小時候，每個人都讓著我……

或許是我前一天晚上真的太累了，隔天禮拜天，我竟然一路睡到下午三點多，我起床梳洗好時都已經四點多了。起來之後沒見到媽媽，我只好自己從冰箱裡隨便熱了點東西吃，填填肚子。

我悠閒地打開電視，轉著遙控器，隨著電視節目的情節嬉笑著。五點多的時候，媽媽忽然急急忙忙從門外衝回了家。

「去換衣服，快點！」媽媽滿頭大汗地對我說著。

「換衣服？去哪裡？」

「相親……那個王先生的兒子……」媽媽的話聽得我一頭霧水。

「那個約不是取消了嗎？」我不解。

「我剛才去醫院看了劉叔叔。」

「你說那個老主顧劉叔叔？」

「對，他沒來吃飯不是因為生氣了，是那天妳把今天的約推掉後，他就出了車禍，一直住在醫院。」

「所以？」

「所以他到今天都沒有和那個姓王的人家說要取消，剛才他老婆打了電話給我，我才到醫院去看他，他才說了人家現在可能都已經在餐廳等我們了……」

我聽完簡直目瞪口呆。

又想起了媽媽先前對我說的話。罷了，去看看又無妨……於是我趕緊上二樓，換了套衣服，隨便上了點妝便和媽媽趕往餐廳去了。

一到現場，媽媽便客氣地和人家寒暄。

「王先生，不好意思，我們來晚了，這是我女兒，心恬……」媽媽四處張望著，因為現場除了那位王伯伯之外，並沒有看到任何和我年紀相仿的人。

「你們先坐，我兒子去廁所了，就回來了。」王伯伯來過我們攤販吃過一、兩次飯，人很客氣。不過我真的有點想嘲笑自己，搞到最後，真的來了場相親，如果被認識我的人知道，肯定會笑破肚皮。

媽媽坐下來和王伯伯閒聊著，我則是專心看著菜單。沒多久，我身邊有個人影經過，坐在了王伯伯身邊，也就是我面前。

我依舊看著菜單。

「不好意思，這位是我兒子，他姓黃，叫黃克群。」我看著菜單上的「宮保雞丁」，忽然就聽到了學長的名字。我的腦袋感覺就像是被人用鐵鎚直接敲了下去。

我緩緩地，緩緩地，將菜單往下移，終於看清了眼前這個人是誰……

不用王伯伯介紹，我自己就可以介紹眼前這個人——

黃克群。三〇五班。身高一百七十九公分，體重六十五公斤。除了是學校排球隊副隊長之外，還是學校樂隊的指揮，模擬考成績永遠是全校前五名以內。他的志願是成為企業家。特別的是，在國中那幾年，他因為形象太過端正，據說連一封情書都沒有收過。

不過，我的資料可能過舊，畢竟從國中開始都沒有更新……

我盯著克群學長看，我相信他認不出我來……但他的臉卻未曾在我這十幾年的生活裡消失過……

我知道我看起來一定很詭異。媽媽這時趕緊插了一句話。

「可是王先生不是姓王嗎？這孩子怎麼會是姓『黃』呢？」媽媽說。

「他隨母姓，因為克群很小的時候媽媽就過世了，克群堅持要隨母姓，我也就隨他了。」王伯伯感嘆地說。

就當我還在失神時，克群學長開口了。

「我們……見過面吧？」這是克群學長這輩子，主動對我說的第一句話。不知怎地，我聽完竟眼眶一紅、鼻子一酸，眼淚不聽話地掉著、掉著……媽媽不明就裡，趕緊隨便找個理由解釋。

「不好意思，她這兩天可能心情比較激動一點……」

這時克群學長更貼心地說了讓我感動的話。

「爸，伯母，讓我們單獨相處吧。可以的，我們很小的時候就認識了。」我聽著克群學長的話，哭得更兇了……

我不知道我哭了多久。等到我心情比較平復之後，我發現王伯伯和我媽都已經離開了，眼前坐的人，就是我從小最喜歡的男生——黃克群。

「好一點了嗎？」克群學長溫柔地拿了面紙給我。

「嗯。」我總算恢復了平靜。

「你說我們小時候就認識了？」我沒聽錯的話，克群學長剛才是這麼說的。

「不是嗎？」

「什麼時候？」我問。當然，我心裡知道是什麼時候。

「我知道妳記得的是國中畢業前，我幫薛文拿情書給妳，對嗎？」克群學長淡淡地說，卻重重打中我的心。

「不然還有別的時候嗎？」

「如果我沒記錯的話，小時候我在賣冰棒的時候，我就見過妳了。」被克群學長這麼一說，我倒是真的記得，我小時候曾經喜歡過賣冰棒的大哥。

「那不會是你吧……」這真的讓我驚訝到。

「不過那不是重點。重點是，還好我們現在才認識。」克群學長的話和我想的正好相反。

我心裡一直在想，如果我們早就認識的話，該有多好。

「國三那年，我第一次交了女朋友。」

「我知道，李潔如。」我對於克群學長的事情沒有不熟的。

「對，那時候，其實我心裡對妳比較有感覺，只是我當初以為，交女朋友一定要漂亮的，又加上我同學對妳有興趣……」我第一次聽說克群學長當時對我有興趣，整顆心差點沒停止。

「所以說如果那時候我們交往的話……」

「不到三個月就會分手。也是因為這個原因，我和李潔如分手。」我的記憶一下子跳到劉問明這個人身上。

「那如果我們高中就認識呢？」

「當時我滿腦子只懂得性愛，我以為跟女朋友就是要做那件事，因此我高中換了不少女朋友。」

「所以說如果那時候我們交往的話……」

「不到一個月就會分手。」

「那如果我們剛出社會的時候就認識的話……」

「那時候的我只想賺錢，只想拼事業，因此認識了許多名媛。」

「所以說如果那時候我們交往的話……」

「那時候的我，根本不可能和妳交往。」

「那是你在數位無限集團的時候……」

「對，後來我認識了某個名媛，也創了業。只不過，就在要結婚的前一個月，我的公司周轉不靈，只能宣布倒閉，那女人也就這樣離開了我。」克群學長描述這些事情的時候，講得輕描淡寫，但我知道當初的他一定受傷很深，並且對人生有了很深的體驗。

「回到基隆後，我在遠遠的地方看到妳在攤子上幫忙，小時候那種看到妳的感覺又重新回到我心中，所以我拜託爸爸，希望可以有機會和妳見面。」

「這樣聽起來，你似乎一直在追尋著我？」我說。

「也許吧。」克群學長輕輕喝了一口茶後，接著說。

「換妳說說妳的故事了。」

我笑了起來，非常開懷地笑了起來。

「下次吧，下次我們出來的時候再說。」我決定要重新編一個故事，可不能讓他知道我暗戀他這麼多年，就讓他當作是他一直在追求我吧……

對，我相信，我們還有很多下次……

第35話 壞事者與愛情使者

我不想花太多篇幅描述接下來的事情。

因為和克群學長在一起之後，全世界都變成了粉紅色。相親那天晚上，我們聊天聊到餐廳關門，我沒有編出新的故事，只能一五一十說出我的過去。隔天一早，我們相約到國中的排球場。我用我還記得的舉球技術做了幾顆球給克群學長，雖然現在的他，十顆裡面只有一顆會殺中，但克群學長躍在空中的姿態依舊優美。那一瞬間，我們兩人彷彿回到了國中時期。

真正交往之後，克群學長和我想像中沒有太多不同。

我們的相處當然有些小摩擦，但卻總是會互相體諒、彼此寬容。從相親的那天開始，我們順利交往了幾個月，沒有什麼特別的地方，除了用甜蜜無比來描述之外，就只能用幸福快樂等字眼了。

比較特別的，應該是發生在半年之後，我們兩人到台北看電影當時。

那天天氣很好，華納威秀附近有許多表演團體，我和克群學長買了最新的電影票後，就在等待進場看戲。

克群學長去了洗手間，而我一個人在外面閒晃，這時我看到了一個美麗的婦人，牽著一個小孩，小孩手上抓著一條綁著氣球的線。婦人十分面熟，等到兩人走近，我才認出來，那是李潔如。

我站在原地看著他們一大一小，這時李潔如似乎也發現有人在盯著他們看。她一回頭，正好與我四目相接。

她依舊美麗。

但這時候的李潔如，又和我印象中的李潔如不甚相同。還是吾川先生的太太時，李潔如看起來是那麼雍容華貴，就算是來觀察我這個第三者，講話時都一直保持著讓我忘不了的優雅氣質。

可是現在的她，氣質又不同了。

李潔如身上穿著的衣服不算名牌，但她臉上洋溢著喜悅，卻讓我覺得她比之前任何時候都更加美麗動人。

「妳是……心恬？對吧？」李潔如看著我半晌，總算認出我來。

我點點頭，微笑著。

李潔如牽著她的小孩，往我的方向走近。

「Tony，叫阿姨。」

「阿姨。」聽到李潔如的指令，小孩聽話地叫了聲。

「好乖喔。」我順手摸了一下小孩的頭。

「來看電影呀。」李潔如問。

「嗯嗯。」我忽然想起，黃克群也和她交往過，忽然有點不想讓兩人見到面。

「我們可以找個地方聊一下嗎？」李潔如突如其來的邀約，令我有點驚訝。

「好呀。」

我們在旁邊的美食區找了個地方坐下來。李潔如點了杯聖代給小孩子吃，小孩也不吵，乖乖坐在一旁。

「這小孩其實是我和吾川先生的。」李潔如說。

我其實有想到，不過不太想要確認。

「嗯。」

「我聽說了妳和吾川先生後來也分開了，所以我現在就不忌諱地和妳說了。」我現在才知道，原來當初她是隱瞞了這件事情，好讓我安心地和吾川先生結婚。

「……嗯，沒關係。妳現在……一個人？」我問。

「我又結婚了。」李潔如伸出手，讓我看看她手上閃爍的戒指。這比起當年吾川先生送的戒指，價值可能差了數十倍，但從她的表情中，我可以判斷得出她是幸福的。

「恭喜妳，太好了！」我也很替她開心。

「我一直在想，如果有一天遇到妳的話，我一定要和妳說這些話。」李潔如這時候說的話，讓我有點不懂。

「什麼？」

「我要謝謝妳。」

「謝我？謝我什麼呢？」

「我覺得人生中，都有一些貴人，這是我最近才得到的領悟。」

「可是我不是妳的什麼貴人呀……」

「男人在事業上可能會有很多貴人，提供機會、金錢、幫助，可是女人要的不是這些。」

我揚眉，並不太能掌握李潔如想要說的話。

「女人要的只是一份好的感情，因此我把我們的貴人稱為『愛神』。」李潔如不等我回應，又接著說。

「不見得是對妳好的男人才算指引，這一生中有許多指引並不是直接給予方向，有些是給妳壞的嘗試，讓妳知道好的方向。有些人則是直接取代妳，讓妳繼續往下一個好方向前進。」我大概知道她的意思了。

「就像妳和我之間的關係。」李潔如笑起來更美了。「每當妳無意間和我的男人交往，就等於逼迫我去找下一個男人。但妳不知道的是，每一次被妳取代之後，我都覺得，我更接近真正的幸福。」李潔如的理論是我從來沒想像過的。一般人都把第三者當作壞事者，她卻把第三者當作愛神，讓她自己的愛情更接近完美的結果。

「妳的心胸太寬大了……」我只能這麼認為。

「不是的，心恬，如果妳轉換成我的這種想法的話，妳會發現，一定有股力量在幫助妳，一定有這樣的人，在擔任妳的愛神。」

我心裡嘀咕著：我的愛神不要再詛咒我就好了……

我還沒來得及完全體會李潔如的話，這時李潔如已經站起來。

「不好意思，耽擱了妳的時間，我只是想對妳說聲謝謝，因為現在的我，已經找到了這輩子最愛的人了。」李潔如說完話後，向我鞠了個躬，讓我十分不好意思地也站了起來。

然後，李潔如就牽著孩子，慢慢離開我的視線。

「看什麼呀？」冷不防，克群學長拍了一下我的肩。

「你幹嘛嚇人啦。」我氣得作勢要打他。

「好啦好啦，我不對，我只是問妳在看什麼呀。」克群學長笑著。我沒有回應他，還在細細咀嚼李潔如話中的意思……

我望著那消逝在人群中的背影，心中默默說了一句。

「如果我真的是妳的愛神，希望妳今後幸福美滿……」

第36話 詛咒的真相

和李潔如聊完之後，我和黃克群進了戲院。雖然演的是大型災難片，有許多充滿特效的大場面，但我竟然無心看電影，甚至還會不停想起李潔如剛才說的話。

「不見得是對妳好的男人才算指引，這一生中有許多指引並不是直接給予方向，有些是給妳壞的嘗試，讓妳知道好的方向。有些人則是直接取代妳，讓妳繼續往下一個好方向前進。」

這段話讓我一直心神不寧，一直到走出戲院，我都還覺得自己似懂非懂。

「想什麼呀？這麼出神。」吃冰淇淋時，黃克群伸出手在我面前晃了晃。

「也沒什麼啦。」我覺得和黃克群說這些似乎沒什麼幫助。

「那個……心恬，我有件事想要和妳說。」黃克群一邊吃著冰淇淋，不知怎地，臉上的表情竟然靦腆了起來。

「有事情就說呀。」我笑著。

「我打算重新開一間公司，還是做和以前一樣的東西，做數位內容。」

「那不錯呀。」我說。

「妳要不要和我一起做？」

「開公司？」

「對呀。」

「哈哈，我去做什麼職務？」

「妳真的想知道？」

「當然呀，不然呢？我去上班也不知道自己是做什麼的？」

「我想請妳當老闆娘，不知道妳覺得如何。」

「……老闆娘……什麼意思……？」我隱約知道了黃克群說這話背後的涵義，但不太敢相信。

「這個給妳。」黃克群從口袋裡拿出一個戒盒，遞到我的面前。我一來不敢相信，黃克群真的會向我求婚，二來也不敢相信，他竟然求婚求得這麼草率……

「就這樣……？」但我知道，我的眼眶又紅了。

「不然要怎樣……我這麼高一個人，要我下跪不太好看……」話雖如此，黃克群這時候已經微微將膝蓋下彎，就差沒碰到地了。

「不要跪啦，我心目中克群學長不能下跪的。」我趕緊伸手拉住他。

「可是妳又沒和我說答案。」

這時候的我，真的是喜極而泣，緊緊抓住克群學長的手，卻半句話也說不出來。

「不要哭啦……妳不回答我，我就當作妳答應我了唷……」克群學長一看到我掉眼淚，趕緊站起來，把我抱入懷中。

我哭著點頭。

「太好了……」

我高興地擦著眼淚，忽然像是想到什麼，提出了質疑。

「你如果真的這麼喜歡我，為什麼當年小孟幫我拿情書給你的時候，你都沒有任何反應？」我邊擦著眼睛，一邊問著。

「小孟？妳說誰呀？」克群學長反而一頭霧水。

「就是你幫薛文學長拿情書給我，可是我叫我的同學小孟幫我拿情書給你呀。」我有點氣了，黃克群竟然連我給他的情書都不記得。

這時候黃克群微微將我推開，讓他可以看清楚我的眼睛和臉。

「情書？我只收過李潔如的情書，沒有收過別人的呀……」黃克群摸著腦袋，像是在回憶往事般想著。

果然小孟是騙我的！雖然現在想起來是理所當然，但當時並不知道小孟有那種傾向……

但我始終覺得哪裡怪怪的……我的腦中甚至出現了其他念頭……

「我們回家去。」我拉著黃克群火速搭車回到基隆的家中。一路上，我一句話不說，卻有一堆假設在我腦中閃過。

一回到家，我顧不得黃克群，便一個人衝上二樓，在書櫃裡翻找著。一樓的媽媽聽到我發出的巨大聲響，也上樓來看個究竟。

「心恬，在找什麼呀？」

我沒有理會媽媽的問題，還是不停翻著瓦楞箱，以及所有可以擺放書籍的抽屜。

「找什麼找得這麼急呀？」媽媽又問了一次。這時我總算搭了腔。

「畢業紀念冊，我國中的畢業紀念冊。」我著急地說。

「那個放在衣櫃的最上面。」媽媽的話讓我停止了動作，連忙踩上床鋪，總算在衣櫃最上部，看到了那本國中畢業紀念冊。

我急忙翻著內頁，口中唸唸有詞。

「我在三〇三班，小孟在三〇一班……三〇一班……」我火速翻著三〇一班的大頭照頁面，來回看了好幾次，結果令我錯愕。

沒有……沒有小孟的照片……根本沒有小孟的照片……

為了不錯過任何可能，我又從三〇一班開始，仔仔細細看每一班的照片，一直看到最後一班……

……我們學校，根本就沒有郭小孟這個人……

我想起薛文學長第一次和我去吃雪花冰的時候說的話。

「妳很喜歡一個人在欄杆邊看我們練球唷？」

明明一直都是兩個人……薛文學長會注意我在欄杆處看他們練球的話，應該都會看到我，但從頭到尾都是我和小孟兩個人在那裡，也就是說，薛文學長根本沒看到小孟……

我回想起這一切。每一次我見到小孟的時候，都是我一個人，似乎永遠都沒有人在旁邊和我一起見到過小孟。然後每一次我會擁有錯過的愛情，都是小孟的關係……

從錯過黃克群開始，到莫名其妙搶了李潔如高中時的男朋友劉問明，然後是我出社會之後，一遇到小孟就錯過了與黃克群學長見面的機會。接著會認識吾川先生，也是小孟寫的程式。重點是，吾川先生根本就是上了個不知名的網站，那很可能根本不是人類設立的網站。然後就是阿男看了小孟的部落格之後，來到基隆，與我相識……

這一切的時間差，包括讓我在台北巷子裡遇到我的爸爸，全部都是小孟的傑作……

「愛情本無法　真愛如曇花　是罰不是罰　一生時間差」

當年我問的問題，愛神無法回答，於是他透過一輩子的時間，讓我了解爸爸的選擇，甚至讓我達成心願。

我對小孟說的心願，那一句我對愛情許下的第一個承諾，就是「我想要和學長永遠在一起」。為了達成我的心願，為了讓我諒解爸爸，小孟一次又一次錯開了我和學長相遇的時機，只為了成全我最早說的這句話……

只因為，不管我在之前的哪段時間和學長交往，結果一定是分手收場，無法永遠在一起……

為了證實我的想法，我又急忙打開Line，才發現那個我不曾刪除的小孟的帳號，根本沒有存在過。所有我曾經和她的通話記錄，也都是空白。

我接著拿出手機叫出通訊錄，裡面沒有一個叫小孟的聯絡人……

我想起了李潔如對我說的話。或許，她是對的。愛神一直都在，一直都在用不同的方法，幫助我們找到真愛……

後記

一本書，一本小說，可以帶給讀者多少心境上的轉變？我常在思考這樣的問題。

因為融入劇情，使得自己跟隨著角色的心情變化，經歷一段段平常不可能體驗的經歷？或是說站在旁觀者的立場，相信書中人物的遭遇，進而投射出自己的真實感情？

當然上述情況都有可能，我自己則是嘗試利用不同的視角，讓讀者試試換個角度看愛情，是否會更輕鬆？

如果說，人一生中所有遭遇，都是為了成就最後一段愛情，那麼之前遇到的難題和愛情煩惱，是否都可以解釋成一種試煉，一種琢磨？

如果說，兩個原本不適合的人，因為「愛」而想要終身相守的話，那麼是否需要在結合之前磨去各自的稜角？那麼，在遇到最終真愛前的交往對象，不管是經過了喜怒哀樂，是否都可以視為追求真愛道路上的師父？

我認為，只要這樣想的話，不管是現在離妳而去的前男友，看起來都不會那麼糟，因為他就是在幫助妳成就下一段更美的感情。就算有所謂的第三者，看起來也不是那麼糟，因為她取代了妳，和這個現在不適合妳的男人在一起。

如果以角色扮演遊戲來說，這些角色都是幫助妳過關，晉級到下一個關卡的夥伴。

但如果不相信自己會進到最後關卡的話，就算這一關有其他角色的幫助，通關後妳也會在原地踏步，無法往前。

以這本書的概念來說，這些夥伴都是妳的愛神。

我相信愛神無所不在。

書裡的愛神自己設計了一套程式，只要輸入兩個人的名字，程式就會判斷出兩個人的中途需要各自去經歷什麼樣對象，最終才有機會和對方在一起直到最後。

我知道，這是有些童話式的想法，但在這個功利主義的社會中，似乎也只有愛情可以讓我們這麼義無反顧，願意相信童話的存在。

妳說是吧？

因此，現在看完這本書的妳，不用再去想那個放棄妳的前男友、前夫（性別相反亦然），不用再去恨那個介入妳愛情的第三者、狐狸精、潑婦（性別相反亦然），只需要鼓起勇氣，準備迎接更靠近自己一步的真愛。因為，最終關卡就在眼前了……

時間。差

作者 H

出版發行 橙實文化有限公司 CHENG SHI Publishing Co., Ltd
粉絲團 https://www.facebook.com/OrangeStylish/
MAIL: orangestylish@gmail.com

作　　者 H
總 編 輯 于筱芬 CAROL YU, Editor-in-Chief
副總編輯 謝穎昇 EASON HSIEH, Deputy Editor-in-Chief
業務經理 陳順龍 SHUNLONG CHEN, Sales Manager
美術設計 楊雅屏 Yang Yaping
製版／印刷／裝訂 皇甫彩藝印刷股份有限公司

編輯中心
ADD ／桃園市中壢區永昌路 147 號 2 樓
2F., No.382-5, Sec. 4, Linghang N. Rd., Dayuan Dist., Taoyuan City 337, Taiwan (R.O.C.)
TEL ／（886）3-381-1618 FAX ／（886）3-381-1620
MAIL: orangestylish@gmail.com
粉絲團 https://www.facebook.com/OrangeStylish/

全球總經銷
聯合發行股份有限公司
ADD ／新北市新店區寶橋路 235 巷弄 6 弄 6 號 2 樓
TEL ／（886）2-2917-8022 FAX ／（886）2-2915-8614

初版日期 2023 年 8 月